朱泥抄

Shudeishou

篠田桃紅

Shinoda Toko

PHP研究所

人

言

木

装幀――松田行正＋杉本聖士
装画――篠田桃紅
写真提供――公益財団法人岐阜現代美術財団

本書は一九七九年にＰＨＰ研究所から刊行された
同名の書籍を再編集、新装復刊したものです。

人

手

昔、映画の中で、樋口一葉の手になったことがある。並木鏡太郎監督の映画「樋口一葉」で、三カット、一葉の手の役を演じた。

主演の一葉の役は、山田五十鈴さんであった。一葉は二十四歳で世を去ったのだから、原稿や手紙を書く手が、その年頃の手でなければならないので、狩り出されたのであるが、凝り屋と言われた並木監督も、手を似せても、書く手、つまり書風のほうまでは考えなかったのか、何しろ自己流の字しか書けない私に、千《ち》蔭流《かげりゅう》の書をよくした、という一葉の筆跡の真似などできるわけがない。そのことを言うと並木氏は、出来るだけ似たようにして下さればいい、とあまり気にしない様子なのである。

連れられて行ったのはP・C・Lという会社の砧撮影所、一葉の部屋のセットは、明治初期の襖、障子のしつらえで、机、ラムプ、文箱、硯のたぐいは、すべて一葉の遺品というほんものを調達してあった。私は一瞬たじろいだ。

この机の前に坐り、一葉の使った硯に墨を当て「たけくらべ」の原稿の一部を書き、一葉の恋人、半井桃水《なからいとうすい》への手紙、それも、きぬぎぬの文を書こうというのであるから、向う見ずの私も、やっぱり来るのではなかった、と思い、「これはやはり全部山田さんがなさるほうが」とか言って、大いに尻込みしたが、監督は大丈夫といい、これまたほんものの一葉の原稿の束を見せた。

その原稿は、和紙大判で黒い線の枡目、一葉の筆跡は達筆で、想像よりは千蔭、千蔭してなくて、何とかなりそう、と一寸思ったその瞬間、監督は原稿の写しを取りだした。それは小説の書き出しの第一枚目で、題は「ひなぎく」、その「ひなぎく」を消して「たけくらべ」と脇に書くだけで一カットだと言い、うまく私を乗せた。

運筆を遅くして柄にない粘る線で書いたつもりだが一葉の「ひなぎく」とはどうも違った感じであるが、監督はまた、原稿用紙の大写しは極く短時間、すぐ山田さんの執筆中の遠写しに切り替るから、と言いN・Gということもなし、監督は、映画御見物衆に、筆跡のせんさくをさせる時間は与えない心づもりのようである。私は映画はこの人が作るもの、と納得したのであった。

桃水への手紙は巻紙だから、もう度胸だと、私流でさらさらとやってしまったが、何しろ古い唐桟《とうざん》のような縞《しま》の着物を、袖だけ通し、カメラに入らないように頭はぐっと後に引いて、右手を突き出すようにして書くのだから、墨継ぎも不自由でぎこちなく、きぬぎぬの文も、感情移入もなにもあったものではない。

しかし試写を見た時、私は感動した。むろん私の手の演技にではない。一葉という人の生の片鱗に触れて、当時の私は深く打たれた記憶がある。山田さんの一葉に惜しみない涙を流していた。

「たけくらべ」「十三夜」などは、女学校時代に家に有った全集で読んでいたが、一葉の伝記のようなものは読んだことはなかったから、その尋常でない貧苦の中で、文学、恋に打込んでいた若い女の生、それは私を驚かせた。一葉の手跡を目のあたりにしたことも、映画を絵空ごとととだけに、見終らせなかったのであろうか。

手紙を、きぬぎぬのふみ、としたのは、映画の脚色であるらしかったが、別に後朝《きぬぎぬ》というのではないにしても、綿々たる恋ぶみであることに変りはなく、戦争の影がそろそろ濃くなってきている時、私達の周辺には、このような手紙をやりとりするなまめいた雰囲気は、すくなくとも表向きはなかったから、青春の時とはいいながら、我われは哀れなもの、と思った。その哀れさは、日を追ってますます本格化していったようである。ふみのやりとりのできそうな相手はまず戦地へ行き、残ったわれわれは、バケツリレーや竹槍の訓練にあけくれる世になっていったのだから。おなじ竹で作っても、筆と槍では、あまりに違う。

ある時、女流の書道の先生の社中展に招かれて見に行ったことがあった。銀座の鳩居堂の階上の画廊だったと思う。陳列されていた書は「滅私奉公」「破邪顕正」「武運長久」といった文句ばかり、仮名も「うちてしやまん」「あらわし」というようなもので、一首の恋歌もなく、ましてきぬぎぬのふみなどはある筈もない。

仮名はをんな手、恋の使い、物語りのために生まれた文字といってもいいくらいのもの、その頃、和泉式部や式子《しよくし》内親王の歌が好きでそういうものばかり毎日書いていた私は、帰りの電車の中で、当分、あるいはもう永久に、展覧会は出来ないかと思った。

奇行

篆刻《てんこく》家篠田芥津《かいしん》は、明治天皇の依嘱《いしょく》を受けて印を刻しているから、相当の印人であったと想像されるが、たいへんな奇人で、中国の『広印人伝』という書物にも「性豪逸、多奇行」と書かれている。

その奇行というのはざっと次のようなことである。

道から折れ込んで家の門があったが、門から道まで何歩であるくと決めていて、歩幅が大き過ぎても小刻みでも、決めている歩数が合わなければ、戻って出直したり、入り直したりする。

道を歩く時は道の真中を行き、直角に曲る。下駄の歯は水平に減り、ぬかるみを歩いても、歯についている泥は横一直線、室内に置くものも、団扇《うちわ》一つ斜めには置かない。

寝具の揚げ降ろしも、ぜったい人手を借りず、畳の目数で位置を定めて、上下左右毎日寸分も移動しない。使い紙は定規を当て、正方形に切ったものを座右に置き、ハナをかむにも用に立つにもそれしか使わない。

それにつれて思い出すのは、砂雪隠《すなせっちん》に落ちたものの形が（尾籠《びろう》で恐縮です）気に入らないと用意してある竹製の長いピンセットで、それを真中に直し、上に例の正方形の紙を置く、という話である。この話を母から聞いた時、汚い、という感じが全くしなかった。少女の心にも、人間の或る筋道、というようなものが、見えたのかもしれない。

母は父の所へ来た時、居候という身分で、離れに住むその分家の人の、することなすこと不思議に思ったらしい。

家人達が一室にネズミを追い込み急いで閉めた襖が左前だったので、芥津が正しく左右閉め直したところ、そのすきにネズミは逃げてしまったとか、必ずしまい風呂に入り、入る前に薪を三本入れ、それが燃え尽きる頃に出て、灰の始末をして寝る、そういうすべて並はずれた几帳面を、私はただヘンなひとだとぐらいにしか以前は思わなかったが、此頃はそんなことをする心のうしろがわを覗き見たい気もする。

李白の「古柏行」は、行が曲っているが、それを一字一字切り離し、真直に張り直して床の間に掛けていたこと、印譜を買う時、一点毎に印影を値踏みして、そろばんを入れ、合計が本の値段より上になると安過ぎると本屋に言い、余分にお金を払って買う、値段より下だと高いと言って買わない。或る時、買わないで帰ったものの、やはり欲しいので、ムリして高くして計算を合わせて自分を納得させ、又本屋へ戻ったが、印譜は既に売れていた。買った人を聞いて訪ねて行き、貴方のは趣味、私は稼業でござるとてこでも動かずとうとう買い戻したという話など、後年の奇行は、几帳面の上に印人としての覚悟のようなものがうわのせされている。一つの印を作るのに数日惨憺の後印刀を持ったというひとの、豪逸と細心は一つのものの裏表であったように思われる。

心理学のことはかいもくわからないが、豪逸の人というものは、案外自分の内的な制約が強いのではないかと思う。ふだん几帳面にすることで、自分から自分の主人に相勤め、自身を救い上げるようなことをするのではないかと思う。自分の中の一方の極に、義理を立てておくのは、豪気な心の奥にひとしれずひそむやさしさのようにも思う。

篆刻などという方寸の世界に住もうとするのも、自虐のおもむきがあるし、ぬかるみの踏み場を探し探し歩く芥津は、実はぞくぞくするような、こたえられない思いであったかもしれない。

日常茶飯事はがっちり枠を嵌《は》め、李白まで訂正し、それだけ印の仕事での解放を求めていたのではないかと、自由で端正な遺作をながめて思うのである。

初め、中国人風越の門人であったが、まもなく浙派《せっぱ》を好み、自分の方向を見付けたという、そんなやり方も、後に一家をなして京都に出てからは、戸籍上の妻とよばれるひとではないひとと、柳の馬場あたりに住み、蕎麦屋、河道屋の屋号なども書いたりして暮していたという話も、私をなつかしがらせる。

京都では入門を望む者が非常に多かったが、三、四人だけを門人として許し、あまり人を寄せつけず、仕事の合間は、よくその女のひとと錦小路へんをぶらぶら歩くのが好きで、弟子の家にも遊びに寄ったりしたらしい。昔の錦小路あたりを歩くのが似合う姿の人、その人はそんな風姿で、私の中に宿っている。

その人はその頃になってもまだ下駄の歯の泥のつき方を気にしていたかどうか、それはわからないが、ただ、女のひとを連れて、道を直角に折れるのは、少々むつかしくはないかと思う。

結び文

人が家に集まってくれるのはたいへんうれしい。私などは招く、といってても、気の置けない人々に来て貰うのであるが……。

やってくる側の人たちも、「何かやらせられる」ぐらいの覚悟というと大げさだが、ただ、じっとしてゴチソウになる気はなさそう、と、これはいわば私の勝手な都合のいい推測であるが……、そのへんの以心伝心で、集まりは行なわれる仕組みになっている。

人々を招く、ということで、何が大切かといえば、室内外のしつらえ、たべもの飲物もさることながら、主役はやはり人ではないかと私は思う。集まった人々がそれぞれ「人と会うのはいいな」と思うような具合にいかなければ、人が会う意味は少ない。しつらえ、珍味佳肴《かこう》はあくまでも添えであって、主役ではない。

と、自己弁護して、さて今日は人々がやって来る、みんなで語り飲み食べる様式はさまざまあれど、本質は古来あまり変らない。が、人手ということは昔のようには参らない、我が家は至って手薄であるから、おいでの方々の覚悟のほどを利用して……ということになる。

だからといって、お客様に命令するほど、強気でもないので、考え出したのが、結び文である。

お越しになると、まずお盆の中の一つをお取り頂く。解くと何か書いてある。「お酒」「お茶」「お相手」「くるま」とか——、このたびやって頂く役割である。

「飲物」の係りになって頂く方は、人々に何をお飲みになるか聞いて作って上げて下さる、というような……、また「くるま」の方には、駐車の配慮、お帰りの時の同じ方面の方の乗り合いの組合わせ。「でんわ」と引いた方には、ベルが鳴ったらなるべくすっ、、、、とんで行って受けて頂く。ぽつねんとしている方がないように、「お相手」の方は絶えず気を配って、誰かを引っぱって紹介し……というあんばいだから、当家のぬしはまことに安閑としていられる。

こういう籤《くじ》は、よく適材に適当するもので、先夜の「デザート」に当ったお方の、お菓子の配分は見事であった。「ほんの少し…」と言う方へは、取り皿をはみ出す程に切り、「おいしそう……」とおっしゃるお方には薄く切って上げていたソフィスティケートな御対応は、正直者の私などにはとても及ばぬ振舞いと感嘆した。

この結び文も、ただ、「電話」「お酒」では味気がないので、この頃は、合言葉や替え言葉を探して書いて見ようと、「電話」は「長ばなし」、「お酒」を「しらたまの」としてみたが、どうも謎々じみて陳腐だし、結び文というのは本来もう少し艶《えん》なるおもむきがあって然《しか》るべきなのに、力足らずのうらみ、そのほうもまたお客任せ、食後、酔余、一寸独りになりたい人の為に、小部屋に、白扇、色紙、筆墨の用意をして、独り言のらくがきをして頂くことにしている。

「かたち」を問われて

江戸っ子の人と話をしていると「あのひとは様子がいい」などと言う言葉遣いを聞くが、高い美意識に裏打ちされた言い方だと思う。

様子は容子という文字も当てられるが、そういう文字が含むようすは、さま、かたち、というのとは、おなじようでちがいがある。それは言葉遣いの、遣いの部分の働きのちがいかと思う。

〈様子がいい〉と〈サマになっている〉では、言葉の働き具合も言葉のかたちもちがう。サマ、というのは様子の様でもあるが、子（す）一字つくとつかないでは相当の差をつけられるので、サマにも一応のかたちがあるが、様子となれば、時間や空間の含み方のもっと厚いかたちの言葉となる。

〈様子がいい〉と言うのは、人の場合、その見た付き、貌《かお》、動きから生ずるそこはかとない線、ものの言い方、表情、立場、その影響、などが、今書いたように分別せずに、更にまたもっと多くの複雑な要素と一緒に、見る側、聞く人の想像力の働きに訴える。これは言葉として上等のかたちではないかと思う。

サマは視覚の領域にとどまることが多いが、様子には視覚を超えた言葉のかたちがある。物のかたちも、視覚を超えるものがないと、かたちとしての力が弱い。

物の場合は、材質がかたちを決めることが多いが、かたちの為《ため》に材料を選ぶとしても、それは同じことでなければならないように思う。人が物を造るのは物の為ではないから、用途の有る無しにかかわらず、人の生につながらない物は、物としての力はない。

しかし人は、ほんとうは人の生につながらないものを、一時の便利の為に造り出すことが多い。

自然を壊すとか、公害とか大問題でなくても、私などは、自分の身の周辺にプラスチックスの用具などが侵入してくると、なんとなく拒絶反応をおこす。

かたちがこのましくないからである。そのかたちは、質がつくっているかたちだからである。プラスチックスでも食器としての一応のかたちを持っているとしても、本当の機能は果せない。視ても触れても唾液の誘いはないから、いいかたちとは申せない。だからかたちはいいが質が悪い、などということはほんらい成り立たない。

化学繊維の衣類も私は同じように反応する。「浴衣の糊の利かせ方がわるいと肌が承知しない」と昔の人はよく言ったが、ストッキングなど着けるとき、いつもこの言葉を思い出し、いやいや着けるのである。ずるんとしていい恰好のものとは思われない。身に添うようで添っていない。無機質なのである。現代では偏見に過ぎないとされることも承知だが、私は好まない。ずるんでないしっとりと生きのある絹とか木綿を着けたい。こちらは身に添わないようでいて添っている。そういう質がつくるかたちがやはり生きたかたちをつくる。

衣類は身に着ける過程にもかたちを持つ。身に着け終ったかたちは大体のぶどまりというものがあるが、着る時のしぐさを、衣類のかたちは含んでいる。

人間とのかかわり方の深い衣類は、かたちそのものが、特に西洋のものは、人のかたちそのものであり、それを身に付ける時のかたちを思わせるので、なまなましい。それだけ着るしぐさは単純である。

これも偏見であるが、着るのに両手を挙げ、頭を突込むあのやり方を、私はあまりよいとは思わない。少年だけがあの姿を美しくすることが出来るようで、さだ過ぎた年齢の者のそのかたちは、〈様子がいい〉というわけには参らないように思うのだが、それはもう普遍的なかたちであって「今更そんな」と言われそうだが、ホンの一瞬一過のしぐさとは言え、あのかたちはわびしい。猫ですらカン袋をかぶせれば後じさりする。それは冗談としても、着替える時のかたち、病み臥《ふ》せている人のこと、などを思えば、人が着る物のおのずからのかたち、優しさ、便利、つまり情理兼ね備わった着る物のもっといいかたちはある筈《はず》である。

質と、使われ方と、かたちは三つ巴になっていて、どれが先でも後でもない時のかたちが上等のかたちで、様子のよさに結びつく。そういう動き、過程の中にかたちは存在するので、ファッションになりやすい。捉えやすい、通り一遍のかたちは、かたちとしての力が弱い。

建物にしても、人が住むと無住とでは、全く別のものとなるし、自然の力も添うし、人だけで、一切を形づけることなどは出来はしないが、何かを残し乍ら生きるのが生きるかたちなので、残ったものは生のかたちにつながるようすがとはなる。

文字は一応のかたちを持つものと考えられているが、それは例えば、川はタテ三本、三はヨコ三本というきまり、であって、かたちというのはその先の話であろう。記号としてのとり定めが、かたちと同義にされやすいが、文字が生きて使われてきた過程のかたちは多様である。

古代の甲骨文は記号と呪術、金石文は禮《れい》と政の記号と装飾、碑は祈りと記念と祭り、紙本には記録と伝達が加わる。大ざっぱだがこの長い過程で、とり定めの上に前述のような多様な要素が加わり、人間性の自覚が加わり、〈道〉なんぞという厄介なものがそこに生まれて加わり、ただ川はタテ三本だが、書く人の数だけ三本のかたちが出来ることになった。

これは、とり定めが単にタテ三本とだけで、大も、小も、長さも、太さも、色も質も、記す用具も、一切とり定めがないことによる。文字は生きた人の手で自由に書かれ、砂にも木にも石にも記され、生きたかたちを保ちつづけてきた。

だから活字というものが出来てから、文字の使われ方は、かたちとして、大へんな変り方をした。現在では、人の目に触れる文字の大かたは活字である。文章も、活字文章というものになっていきつつある。使われる文字の傾向が出来、使われない文字は忘れられる。その上に文字の数の制限まである。個人から個人への伝達なら、文字の制限もない筈であるが、これも日常活字に馴れた目に、見馴れない字を見せるのは不親切、ということにもなり、次第に活字以外は文字でなくなって行く。

伝えたい微妙な心の襞《ひだ》も、当用の文字の範囲で、大味な表現となり、文字が減れば語彙も少なくなり、表現の守備範囲も狭まり、能力も弱まり、きまり文句が多く目に付く。ベストセラーズといわれるものを読んでも、さしたることも書いてなく、人間は五十歩百歩か、などと、活字や文字制限で、交通整理は一応できても、人生の行路のあるき方まで似てきてしまうのは、文字を創り出した人の創造力に対しても済まない気がする。

活字が形骸であるとは思いたくない。活字は文字通り活き字である。活きた手で書いた動きを踏んで作られている。日本文を記す漢字や仮名は上から下への動きが多い。手も目も上から下へ流れるのが自然で、活字になっても、その自然な流れは止めようがない。

だから日本文の活字は、完全に記号だけにはなり切れない。記号の機能のほかの機能を持ってしまっている。

文字が生きた手で書かれた歴史が餘《あま》りにも古く、長く、記号としての機能も、上から下への文字のかたちが、活字にも残されているから、横組み活字を読むのは、私などにはまことにつらい。自分の文章を読んでも、他人の文章のような気がすることさえある。そして読後の印象はつかみにくい。つまり様子がわからないからいいも悪いもない。いい文章がおのずから持つかたち、俤《おもかげ》に顕《た》つものがない。

長い時間、縦書きできた文字を、横に並べても、文字のたたずまいがすぐ横へ寝そべるわけにもいかない。一字一字、またその連なり、行間、に宿したかたちは行き場がない。

横書きの額がある、という人がいる。横書きは本来三字なら三行の文字なのである。右から左へ四字なら一行一字四行の文字を書いているのである。運びも、流れ、筆意、行間も、余白もある。そして言葉の心と、視覚の交わりのかたちとなる。

平仮名は殊に流れ書きの為に生まれたような文字で、一字一字切り離すより、二字、三字の連なりで文字としての役目を果たす時も多いのである。それをきっぱり切り離し、活字に作ったとしても、上は下を思い、下の字は上を受けている風情が残っているので、漢字以上に横並べは無理がある。

漢字は点画が多いものはやたらと多いし、簡単なものはヨコ一本の一文字だし、そういうものと平仮名という前記のような育ちの者と一緒にとりまぜて、更にアルファベットを諸々にちりばめる文章を、版にしなければならない日本国の大方の編集に携わる人々は、まことに御苦労なことだと私はいつも思っている。

読む人、見る人が、それからかたちを視たり感ずるのは、余程時間が要るように思う。

もっとも今の若い人々は、横組みの方が頭に入り易いと言うから、頭の使い勝手が、つまり頭の作用のかたちがちがえば、これでいいわけである。ただ、頭に入る内容の様子は、日本語の培ったかたちとは違うかもしれない。

物の伝達のかたちはこれからも変って行くことであろうから、時間は全部過渡期、とすれば、これでよし、という安堵はないので、動きながらいいかたちをとらなければならない。

暑いので浴衣の話でも書くつもりであった。着るものを頭からかぶったりしないで、浴衣を軽く合わせ、細い帯を捲いて、復活した隅田川の花火でも観に行く話を書きたいと思っていたのに、私はついにマジメ人間で、自分の仕事にかかわりのあることでないと、原稿用紙をムダにする権利がないように思うらしい。原稿用紙であれ、中国の古代の妙なる宣紙であれ、文字を書くという作業は、つい文字につながることを書かせるらしい。

そう言えば本場の中国では、どんどん文字を簡単に変えていっているようである。それも伝統にもとる、などとは勿論思わない。甲骨文字の大昔から、変りに変ってきたのが伝統だから、これからも変るにきまっている。ただどのような変り方をするかを、かたちのありようとして見たい。そして、ある種の漢字は、現在日本にしか残っていない、というような日が来るかも知れないが、それも文化ということの変幻極まりないかたちの一つなのかも知れない。

おかしな言い方だが、今年の暑さは冷酷な暑さで情容赦がない。爽やかな夏というのが昔はあった。季節も折目を失い、地球は変りかけているという説もあって、人々しずごころない。

日本人をはじめ、どこの国の人達も、これからあまりいいかたちで生きられないかもしれない。
「様子がいい」などますます聞けなくなりそう。

幼きより

親戚の夫婦に、娘が生まれた時、その娘の為に「真実」という字が欲しいと頼まれて書いた。

娘は毎日その書を見たか、あるいは時々見たかどうかわからないが、とにかくそれは、その娘の部屋の壁にあって十年程過ぎた。

先頃、その娘の母親が来て言うには、

「近所のお習字の塾に行くようになって、困ったことには、あの額の字はヘンだと言い出して…」

「『真』の横の線が長過ぎるとか、『実』の縦の線がだんだんがついているとか、なにしろ塾の先生のお手本がゼッタイなんで」

居合わせた友人が、

「塾をやめさせなさい」

と即座に言ったが、私は、教育ということは、世のいかなることよりも苦手だから、何とも言いようがない。

手も足も、口も出しようがないが、その娘の言うことは、意外でもないが、さりとて当然のこと、として置いていいとも思わないし、憮然とする、という程でもなく、面白いとも思うし、とにかく、長過ぎたり、ふるえて段がついたりすることが下手で悪いことだと十二歳の子が思うことがいいかわるいか、否いいもわるいもない、彼女がヘンと判断したことはたいそう健康な証拠、曲ったりひょろりと長過ぎは、十二歳の少女の部屋に似合わない。シニシズムの美意識なんぞというものはどだい、衰弱したおとなのすさび、額を降ろさせよう、だが……。

一寸待って、比較の対照があるほうがいいかも、純粋培養はひ弱い。友人の説は、おとな好みの純粋培養、額があったぐらいで、そろそろタカラヅカに夢中になり出している娘が塾式ひとすじに陥りもしないでしょう。また四、五年経てば、ヘンなヘンな字がどうしてヘンか、見る角度も少しは変わるかもしれない。あるいは、ヘンだけれどそのヘンが、ヘンに気になり出すかもしれない……。

一分か二分の間に、思考のかけらがストロボのように明滅して、その間に「小さい時から高次の美をあてがう」とか、「最初が大切」「センスが…」と、友人の言葉が合の手のように聞こえ、私は、

「へえ…ねえ」

とあいまい極まる声を出し、顔はどういう神経のはたらきか、口許だけ笑ったようである。

母親は、

「塾にいくことが楽しみで、友だちとおしゃべりが第一、お習字の方はいいわけみたいだから……」

と言い、

「だからいいじゃない。その間あなたはゴルフの練習に行かれるしね」

と、私の返事を引き出し、それでおしまい…とした。

私の小さい時、我が家には「茶色竹声」と書いた山陽の横額が、父の書斎にあり、海屋の「金碧」という額が玄関にあった。

私も、親戚のその娘と同じ年頃に、そういうものが目にとまるようになったのではないかと思う。ヘンと思ったかどうかの記憶はないが、「色」の字の、右上がりの撥《は》ね方が好きで、その筆さばきをステキと思っていた。

山陽の額を、父の師の杉山三郊氏が「若書きです」と、あまり高い評価をされなかったと、父が口惜しそうにしていたことを思い出すが、山陽は美濃に恋人がいたという説があるし、曽祖父の時に、家に泊って書いたものというから、若書きという判断は当たっているようである。

祖父は頼三樹三郎に漢籍を教えて貰ったことがあること、明治元年生まれの長男である父を頼治郎と名付けたことなど、私には「茶色…」の額とひとからみの話として、心にあるが、父が岐阜の家から東京へ移さなければ、あの額も空襲に遇《あ》うこともなかったのにと思う。

切にあの書が見たい。今ならば、竹の葉ずれの音が聞こえるかもしれない。

惜しい。恋人に逢いに来ている時の人の書などというものは、よおく見て置かなければいけなかった。竹に託された音ずれ、深く匂ひやかなものがひそんでいたかもしれないのに。

海屋の書も、若い私の心には、何か未知の生を伝える顫音のようであった。この頃よく岐阜へ行くが、金華山に対《むか》って、長良川の畔《ほとり》に立つと、川水の音につれて、あの「金碧」の顫音《せんおん》が聞こえるようでなつかしい。

あれは、父が、叔母から貰い受けたものということだから、やはり元の所、この長良の上流にある、叔母の古い別荘にあればよかった、とかえらぬことを思う。ある人は「書は心のうちにある方が色褪せない」と、言うが。

今私の部屋には、杉山三郊氏の手紙がかかっている。戦前のある春の父宛て書状を私が貰っておいたもので、四尺程の巻紙を、横長の額にしてある。おもしろいことに、うちへ来る若い人々が、いちようにこの額に関心を示すのである。

漢語の多い、候文で、文字は草書体、一行といえども読めないらしいのに、若い人々、デザインとか写真、編集、建築などの仕事をしている人が、皆、「美しい」と言うのである。「緊張感」「リズムが不思議…」などと言う。

この手紙に流れているものは、たしかに今の世には少なくなっていて、それで全く無縁でもないものなのであろう。

若い人達は、雑、燥、騒、喧というような文字で表わしたいようなものの洪水の中にいて、全く別の一と流れの、水の響きを、ここから感じとるらしい。この手紙を一つの楽譜としてリズムを感ずるのだとしたら、それは、外国人が東洋の書から感ずるというものに、それは似通ったものなのか。こんなことをとりとめもなく「本年春喧相催し候はゞ……」というあたりを見ながら、日永を坐っている。

神経

この間、或る日本庭園に行った。庭内の小さな門に、古めかしい書体で「千客万来」と書かれた木の額が、かかげられていて、そのすぐ下に「立入禁止」の立札があった。

無神経といえば、無神経だが、皮肉でユーモラスでないこともない。

同行の外国人は、門をくぐらせもしないで、歓迎の言葉をかかげるのはひどいといい、私は、まあ、一寸したユーモアもあるから、となだめた。

このような不条理は、日本の文化にはというとおおげさだが——間々ある。筋が通らないようなことでも、それはそのまま伝えられたり受けつがれたりして来たことも多い。

有名な古筆などの筆者が別にあることが明らかになっても、一度伝貫之になるといつまでも伝貫之である。それを誰一人ふしぎに思わないし、ことあげもしない。

何でもない雑用の民器の類が、後代には大名物となったり、きものの裏をやたらに凝ったり下駄の柾目《まさめ》の数を誇ったりすることも、よその国ではあまり聞かないことだ。

こういうことは、一面ばかばかしいが、合理主義的でないかかわり、あるきびしい拒否と、選択の心を育てもしたようである。それも、肌ざわりとか、後味とかいった、甚だたよりないようなものだが、代りに直感のきびしさにつながるものもあったのだ、とまあ思いたい。

しかし、不条理は、肌ざわりが悪いのも多い。筋を通す、とか、道徳とか真実とかを持ち出す前に、まず神経にこたえることが多くなった。

芥川龍之介は、私にあるのは良心ではなく神経だ、ということを書いていたが、今生きておいでになったら、神経は相当な目にお会いになることであろう。

一寸前のことだが、ある会に招かれて、会場の入り口でボーイさんから「ホステスの方はあちらの入り口から入って下さい」、と言われた。私はハンドバッグから招待状を出しかけたが、やめて、そのあちらの入り口の方へ歩きながら、カナシムベキカ、ヨロコブベキカと考えているうちに、可笑《おか》しくなってきて、これはユーモアのうちに入れておくことにしたが。いくら日本では会社の招待は男性ばかりと相場がきまっているとしても、そのボーイさんは迂闊《うかつ》すぎる。私はホステスさんのように流行のみなりはしていないのだから。

宿屋の番頭はお客が門から玄関までつく間に、その人の職業とかおよそのところの見定めが出来ないようでは、一人前でないといわれたものだ。

昔の音

以前にくらべて、日ごろ、身辺に、心を止める音が少なくなったような気がする。

心を止める、というのは、その音に、ふと心が惹かれるようなことで、そういう音というのは、あらかじめ聴こうとして聴く音楽とか、人の話とか言うものもあるが、今私が書きたいと思う音は、そういう作られたものではない自然の音、波の音とか風の音、または、人が何気なく立てる物音のたぐいである。

身辺に、心惹かれる物音が少ない、ということは、大抵の音が耳だけにしか届かないということか、また耳もそれを受け入れたいとはしていないのに届くような音ばかりが多いということなのか。とにかく、都会の生活ではやたらと色々の音が押し寄せてきて、中には心惹かれる音も混っているのかも知れないが、さまざまのただの騒音に掻き消されてしまうのか、心耳を澄ます、というような音には、なかなか出遇わない。

心耳を澄ます、という程ではなくても、ただ水を流す音すらなかなか聞けない。それはたぶん絶えず何か機械の音がしているためであろう。

高速道路に取り囲まれ、車だらけの道に挟《はさ》まれ、どの家でもテレビなどの音を立て、人の物言う聲も、人が立てる物音も、機械の出す音に消されがちである。

コンクリートの箱の中に住み、外部の音は一応遮断出来たつもりでも、空気調節は機械の音を立て、呼鈴も電話も機械、訪れの人声というものも、絶えて耳にしなくなった。門の開けたて、格子の音も無い。

私は少女の頃、隣室の母の立てる物音を耳に止めたのが、音というものを心に感じたはじめのように思う。

母が何か片付け物をしていたらしい。キュッ、キュッ、と紐《ひも》を締めるような音が断続して、それが子供の耳に快く聞こえたのは、そのキュッ、キュッが生き生きした弾力のある音で、リズムがあったためでもあろう。母はきっと心楽しく片付け物をしていたので、それはまだ若い母の心のリズムであったかも知れない。

隣室の物音というものは、その音の実体が見えないから一層心を惹かれるが、着物の衣ずれ、畳の上を摺《す》る足音、扇などをはたはたとさせる音など、それと知ってなお、よき音、と思う。

折口信夫《おりくちしのぶ》の歌に、旅先の宿で隣の部屋に旅絵師が泊っていて、その人の立てる物音のあわれを歌ったものがあったが、人と人とのかかわりも、「おとずれ」「おとなり」、と音からはじまるものであったのに、その音を機械に任せてしまったからか、人と人とのあいだもあわれが浅くなったような気がする。

落葉や霜を踏む音、雨戸に霧のあたる音、熊笹を吹きわける風を、山の小屋で時々聴くが、そういう音を聴くと、昔は毎日そんな音にかこまれて暮していたことを思い出す。

学校まで小一時間姉と私は歩いて通っていたが、道々霜も踏めば若草も踏んだ。竹の皮がぱさりとはがれる音を藪のそばを通る時々に聴き、ハッとしたり、木の橋の下を行く小流れの雪解けの水音もきいた。

ふとそら耳にそういう音をきくと、堪えがたい程にその頃がなつかしい。目よりも耳に宿っている印象は強いように思われる。

淋しい道ばかりではなく町も通るのであるが、筆を造っている店の前を行く時はいつも竹を切る音がしていたし、数珠《じゆず》を磨いている家の、珠と珠とのすれるかそけき音などは、ふしぎに今も鮮やかに耳によみがえる。

そういう町中の人の声も、今よりも艶があったように思われるのは、さまざまの文明の音の妨害が無かったというだけでもないような気もする。

人の声、人が立てる物音、自然の音、それらの持つ深い息づかい、繊細さ、豊かさ、そういうものが聴き取りにくくなったことはさびしい。文明の音というものが、失われたそういうもののおとに、代り得るものであるかどうか、疑わしい。

私は音を形に置き替えるような気持で筆をとる事も多い。音を墨色に託すのであるが、そういう時の心に宿ってくるいい音を、常々聞いておきたい。

また特にそういう意識もなくて作った水墨の作の墨色の中から、ふと音を聴きつけたりすることがある。その聴きつける音というものも、遠い日の音のような気がする。墨と音との行き交いの間には現在の私の心がある筈なのであるが、私のすみいろが、現代の音色を歌い上げられるかどうか、これも疑わしい。

外国人の音楽家が、「この墨の色の中には、私が表現したいと思っている音がある」と言ってくれたことはあるが、その人の心の中にある音と、私の心の音とはどうかかわりあうのか、それもわからない。

最近トシコ・アキヨシさんの「すみえ」という曲のレコードのカバーに、私のリトグラフが使われたが……。すみえのような音、音のようなすみえ、というものになるのか、どうか。

秋

二、三日前、東京の空に、刷《は》いたように白い雲が流れているのを見た。刷いたように、とつい書いたが、さっと一気に書いた刷毛目《はけめ》に似た巻雲が、きれいだった。

建物で限られた空にも、一っ時にさまざまの雲がいるもので、鰯雲《いわしぐも》のさざ波は筆のかすれのようで、また、淡墨のにじみを思わせて空の青に吸いとられていく、泡みたいな雲もあった。

すぐ、筆墨に結び付けるようだが、べつに雲を写したいとは思わない。雲ばかりでなく、花鳥風月の写生ということはしたことがない。雲が、たまたま刷毛目を思わせても、筆や刷毛で雲を書きたいと思うようなことは全くない。

それよりもめぐる季節、今ならば秋、その季節の訪れ、訪れ方が、刷毛でさ、っと刷くように来る、と感じられたり、筆の線の伸びるようにすうっと寄り添うと思われるような時があって、そういう形のないものを、かたちにしたい、と希《ねが》うことが多い。

木の葉の色や時雨の匂い、人の瞳の奥など、こまやかな織物を見る時のように、近々と眼を寄せたくなるものの多い秋の地上にいて、天上を渡って来るものの、測りしれない大きなふところに、つつまれたいと思う。その、測れないものを測れないまま、墨に置き替えたい、と、大それたことを思うのは、今年の酷暑のほてりが、まだ身心に残っていて、のぼせが醒めていないためかもしれない。

季節がもし、依代《よりしろ》というものに降りることがあるなら、筆の穂に降りて来て欲しいなどと、虫のいいことを考えるが、依代となれるかなれないかは、季節と人とのかかわり方にかかっていると思われるから、そうなると心細いことである。放浪の旅に出たり、山居して心耳を澄ましたり、そういう気の利いたことはなかなか出来ないが、ただ普通に生きている者にも、秋には、ふと何かが心の裏に聞こえてくるような気がすることがある。

衣食住のことや仕事に追われていても、その合間々々に、少しの隙間に、秋が佇《たたず》んでいて、何とはなしに、日常のほかの方角に、思いが誘われていることがある。

私の小屋のある村は「お盆（旧暦）が過ぎれば炬燵《こたつ》の支度」というように、滅法秋が早い。プロパン・ガスが普及しても、夜は炬燵で一杯、という習慣は、依然として根強いから、漬け物や干し物と、長い冬のために、おとな達は忙しい。野菜物を頒けて貰いにゆくのも邪魔かと気がひける。

子供達は学校から帰ってくると、山の方へあけびの実を採りに行く。うちのあたりにも紫色の殻がいっぱい落ちていて、その傍に同じ色に龍胆《りんどう》の花がさいていたりする。

これで今年はおしまい、といちばん遅まきのとうもろこしを、どさりと私の籠に入れてくれる時の村人や、道で行き会うとあけびの実を一つ二つくれる子供達の眼には、確かに秋が宿っている。それがこちらの心にもにじみ伝わってくる。

それにつけても若者がいないなと思う。秋も、冬も春も夏も、彼等はクルマに乗っているのであろうか、様子が知れない。

穂の出た一面のすすき野に立って、遠くに眼を遣っているような若者のすがたは、すてきな秋の依代となる筈なのに、そういう風姿はいっこうに見当たらない。

炬燵やあけびもいいけれど、若者のいない風景はやっぱりわびしい。そんな風に思うことも、私の心のはたらきの貧しさが、風物に助けを借りようとしているからであろう。

軸ぬすびとへ

飛騨高山のY家は、日本の代表的な民家として、国の重要文化財に指定されている。Y家が、家屋を開放し、一般の観覧に供することになった時、その家に少々の縁故を持つ私は、自作の書を、室内に掲げることにした。

大きな家で、階上階下合わせて、床の間、または床の間に準ずる壁面が七箇所や八箇所はあるので、二、三の軸物をそこに掛けた。

それが最近、私の書の掛軸が一点盗まれたという。観覧に供しはじめて以来、七、八年何事もなかったので、Y家では非常に驚き、ほかの部屋の掛軸もはずさなければならないと言う。

何とも情ないはなしである。

その家にはそんなに多くの家族はいない、手伝いの人も少ない。広い大きな家の階上階下、常に家の人が見張りをしているわけにもいかない。

考えてみれば、観覧客が途絶えるのを待ち、床の間の掛軸をはずすぐらいはわけないこと、ひとが入ってきたら、家人が掛け替えをしているふうによそおうこともできる。幅の大きいものでなければ、巻いて手提げか何かに入れてしまえばそれまでである。

Y家は住宅であるから、来る人は皆来客のような気持でいたのである。泥棒にとっては、いともシゴトがしやすいところだったわけである。

いまいましいが、こちらが不用心だったとは思いたくない。人の家を見に来るひとが、それも定評ある美しい構築を見たいと希って来た人が、床の間の軸を盗むはずがない、と、思いたい。

Y家ではいま、階上や茶室など、家人の眼の届かない部屋の床の間は、何も掛けず香炉一つ置かないことにした、というが、何ともうらさびしいことである。

床の間ががらんどうの住居に、お客を入れるという、はなはだ非文化的なことをしなければならないことは、Y家としてはまことに不本意な情ないさびしい仕儀であろう。

木造の構築美の極致、と言われるその家の空間、飛騨の匠《たくみ》の精魂を傾けつくした意匠、長い年月、住む人が日々怠りなく磨きを込めた柱や床板の沈んだ艶、そこの空間には、盗みたくなるほどの美が限りなくあるのに、何も私の書などお持ち帰りにならなくても、と思うのだが……。

それとも、百年前の左官さんの、手練のわざのあまりに見事な床の間の、その砂壁には、ヘタな掛物などは不要、ということでおとりはずし、とならば、いずれ掛物は私の手許に返ってくるかもしれない。

書はまた書けるが、あの軸の表装に使った布は、亡き母の形見の裂《きれ》で、かけがえがない。

言

いろは

昨年は『いろは四拾八もじ』というらくがきの本を書き、今年は「いろは展」というのをしたので、人々から「よほど『いろは』がお好きのようで」と言われる。

好き嫌いではなく、本を書くにも、書を書くにも自然に「いろは」ということが浮んでくるので、それをそのまま題にしたのである。

「いろは」は好きとか嫌いとか言って、仲良くしたり、避けて通ったり出来る相手ではないので、日本に生まれてきたら、何びとも御厄介になるに定まっている水や空気のようなものだから、何ともしようがない。

いろは歌そのものには、深遠なことわりが籠められているようでもあるし、また、音《おん》を重ねないために、無理していて、歌が意味をなさないとも言えるが、その意味をなさないところが、深遠の深遠たるゆえん、と思われなくもない。何によらず此《こ》の世は、私などにはわからないことが多いのだが、おそらく生きている間中お世話になると思われる「いろは」が、まずわからないのである。

　むつかしいことはさておくとして、「いろは」の一つ一つ別々の文字は、名簿とか色々の分類用に便利に使われて、下足札などの「いろは」は、深遠もへちまもないようであるが、あの、以前の、寄席の男の人が渡してくれる平仮名のある板は、古びてくると不思議な重みが付き、ただの板切れとは全く別の存在感が備わるのは、やはり文字というものの呪術なのかもしれない、と思った。

「どうも、のの字が承知してくれないのでねえ」とか「め組の喧嘩」というふうに使われる時などの「いろは」は、「め」にも「の」にも何かが象徴されていて、ただの音の記号だけではなくなってくるようである。

　これは全くの記号として使っていても、元のうたに還元される要素を、いつも持っているということなのであろうか、いろは歌から借りているということなのか、一、二、三、とか、A・B・Cとは、どこか違う。

「いろは」は誰が作ったものかもわからない。「弘法大師一夜のおん作」という一古説も、流布のされ方が、信じてもいいし、信じなくてもかまわない、というような感じの伝わり方で、千年も来たのだから、今更「いろは」の作者がわからなくても、一向に差し支えはないが。

この歌のふしぎは、意味が有るような無いような、もし暗喩のようなものがあるとしたら、とてつもないことがらが託されているふうにも思われるし、仏教に関わるのか、哲学の方角に通じるのか、私などには計り知れないが、「つね（常）」「うゐ（有為）」「おく（奥）」「こえ（超）」「みし（観）」など、書く度に、ふと深い淵を覗くような思いが、墨のいろの中に漂う感じがある。

また、「いろ」「ゆめ」「ゑひ」というような甘美な言葉もある。が、それは、匂へども散り、夢は浅く、酔ひもせずと、すべて否定で、その否定のかたちのうしろにある色、酔、夢はそのために却って限りないいざないを含んでいるようなのである。

見えない色のあえかさ、夢想と陶酔の避け難さを示すような言葉の連なりに、実体のよくわからない想念が、五十音足らずの音の網に搦《から》めとられる。「わかよ」のかなしみ、「たれ」「たれそ」と出遇い、よびかけのあわれ、それも「つねならむ」とつき放され、「おくやまけふこえて」は必死の相すら垣間見せる。そして、それも夢と醒めてしまうのだが、中世の無常観ばかりと片付けられないものが残る。

この歌には、かなし、うれし、さびしというような、なまの情感の言葉は一こともないが、四十七音連ねて終ったあとの韻は深く長い。書けば書く程に秘密の香が満ちてくるようで、言葉と文字、音と意のかかわりの謎があるようで、一字一字から何かの意志の電信のようなものが流れるのを感じる。その電信の受け取り方、読み方は、書く度に異るので、それは日々、時々の、自分自身の心を読むほどにも、覚束《おぼつか》ない。

「いろ」二字にも、艶やかな色も、褪《あ》せた色も託せる筈なのに、具体的な実在の色つまりカラーに替え難い気がする。墨も絵の具も届かない、てだての外の「いろ」は、思うにも思い見難い。

いろは歌の、一音も重ねない成り立ちは、停止も反復も許さない生の姿に似て、書きつつ同じ文字に出遇わないということが、きびしく、また狎《な》れのない清々しいものに思う。

同じ音がないことはまた、下足札に恰好ということで、「色は匂へど」は、単に「イロハニホヘト」で、そこがまた実にこの歌の謀りごとの巧みさなので、知らん顔をしている作者は、更にかっこよくなる仕組みである。

この、文学の匂いの風化してしまった四十七音（或《ある》いは四十八音）は、文字の中でいちばん普遍だし、歌としての意味を辿るにしても、詠み人しらず、題しらずだから、作者に気兼ねなく書ける。

だからこちらも落款とか署名とか野暮なことはしたくはないが、時にはなりわいにつながることなので、書き人しらず、ではすまされないこともある。

かくこと

定められた用紙などに、ボールペンなどというもので、字を書き込むことが、私は実に不得手である。不得手だから、ついなるべくひとにやって貰う。それでますます不得手というおきまりの筋みちである。

いろいろと配布されてくる用紙は、見るだけで気が滅入る。しかしどうしても自分で書き入れなければならない時もままある。やって見て、さて、と打ち眺め、これがわが字か、わが水茎かと、あわれをとどめる筆のあと、さようにまずい。

囲われた中に字を書くことのつらさ、その上、欄外に「楷書で書きなさい」とか「数字はアラビヤなんとか」「宛名にふりがなを」とか「該当するものに○を」とか、注文がきを見れば見るほどに、書く意欲を喪失していくのがわかる。

かくてはならじ、と気を取り直し、自分で自分をひっぱたくようにして書き入れを始めると、きっと必ず字を間違える。消して隣に書こうとしても、囲みは非情な空間であるから、余地はなく確実にはみ出す。終りのほうは、追い詰められた恰好でみじめである。やはりひとに頼めばよかったと思うが、用紙は一枚しかない。「人が家の中に住んでいるのは地上の悲しい風景である」という、萩原朔太郎の詩を思い出し、囲みの中に字を書き入れているのも悲しい風景ではないかしらと、こんな余計なことばかり考えているので、返事や提出は必ず遅れる。

少し言い訳を言わせて貰うと、昔から私にとって字を書くということは、何もないところに書く、ということであった。白い紙をのべて、どこから、どのように、何を、ということが、書く、ということのはじまりであった。線や囲みに導かれたり頼ったりしてはならないのであった。この、私自身の内的自律とでもいうものは、相当に強固らしい。

学校で習字の時間にも、線のある下敷きというもの、あれも裏返しにして使っていたことを思い出す。手も貸して貰わないが規制もされない。というのが、小さい時からの私の書くということの掟《おきて》で、それが私の性に合い、職業につながったのだとすれば、社会生活の上で少々不便をかこつとしても、しかたのないことかもしれない。

こうして原稿というものを書くのも、白い用箋にただ書き流すやり方で、一行何字とも何行とも考えない。原稿用紙五枚とか六枚とかの御注文は頭のどこかにはあるが、捉われると想いも湧かないし、文章にもならない。あとで原稿用紙に無機的に書き写し、長過ぎを捨て、足りなければ何とか補うのである。

書や絵を書くのと、文章を書くのとは別なことだが、文章を書く字も字は字だからか、あるいはまた、囲みの線を前にすると、想いというようなものも、尻込みする癖がついてしまったのか、いずれにしても、これから何かを書く、という場は、空《くう》の空であるのが私には望ましい。

白い壁や大きな襖には、らくがきをしたくなるし、作るものもだんだん大きくなり、筆は持たなくても、大空にさまざまの文字や形を思い浮べて遊ぶ。

機械の音や楽器の音を聞くのと、虫の音《ね》や松吹く風の音を聴くのでは、脳の器官が別だという説を聞いたが、同じ文字を書くのも、空に書くのと囲みの中に入れるのでは、別の器官によるしごとなのかもしれないと、その時思った。その思いは近頃次第に強くなる。

またその説によると、どちらか一方ばかり使っていると、別の一方が鈍るということで、近頃ひとびとは人工音に囲まれていて「風の音にぞおどろかれぬる」などということは、だんだん疎遠になっているのではないかとも思ったが、囲みや線に馴れて、何もないところでは、ただ戸惑うだけ、というのも、すこしさびしい。

囲みに入れる文字も、少し練習すれば、私にも出来るようにはなると思うが、何となくそうなりたくない気もするのである。一方が鈍る、という説が気になる。

何もないところに、天外の声に導かれて、おぼつかなくも一本の線を書くしごとの、その、いずこともなく聞こえてくるものが、聴けなくなったらたいへん、「目にはさやかに見えねども……」の風になにかを聴きつける心は持っていたい。

だが世の中は囲みや線がふえるばかりのようで、私はまことに心もとないが、当方は当方なりのばらんすを保つには、これからも囲みの中では間違った字の上に、こまかな紙の切り貼りなどしては、悪戦苦闘していくことになるのだろうか。

破片

この頃、書の展覧会の案内を貰うことがたいへんに多くなった。書家ばかりではない。数の上からでは詩人と画家が双璧で、美術史家、建築家、僧侶と、さまざまの方々が書を発表なさる。

どなた様もわりあい気楽にやっていらっしゃるのではないかと思うので（或いは、決してそんなものではない、真剣であるとおっしゃるかも知れないが）ついこちらは拝見したりしなかったりであるが、案内状を見る度に、書を書くということは、こんなにも魅力あることなのか、と思うのである。

誰にも簡単に出来ることで、それでやってみるとなかなかどうして、一本の線も思うようには書けない。簡単らしくてそうでないところがムキにさせ、つい追いかけるという仕組みなのであろうか。何とか書けそうに見えたり、ああ全くダメだと、その行きつ戻りつが端的で、一点一劃《いっかく》直ちにはね返ることにもよるらしい。

ふと、自分には天分があるのかも知れない、という思いにさえさせるのだから、こたえられない。が、すぐ次の瞬間、そんな筈はない、いい気になるなんて、我が家は第一悪筆の系統、しかし、だがしかし、このカスレは一寸よい、ここの所のニジミは自分でも予期しなかったがほのぼのと匂うばかりではないか、紙背に透る墨を、口中にひろがる美酒に譬《たと》えた人がいるが、自分も今それに遭遇しているのかも、とうっとりし、さて墨が乾く頃には美酒も醒め、やっぱりダメ、何と薄っぺらな、こんな事ではしょうがないと思う。そう思い乍《なが》ら、しかしこの横線のゆらぎは少しおもしろい味があるのではないかと、またしても小声な囁《ささや》きのようなものが必ず聞こえ、それが、これは一寸人が真似出来ないかもとエスカレートし、少々無理のある自己陶酔に陥り、他人のお世辞も作用し、ついに病み付きの第一歩が始まる。

落胆しても、ふとまた別の方角にこれは、と思われる一点が必ずあるもので、あるいは無くても有ると思わせるのが墨の不思議なのである。

目隠しされた鬼のように、ここと思えばあちらで手が鳴るのに、右往左往し、紙と墨を無駄にしているうちに、もう闇のどこにも手が鳴らなくなっているのに気付く時は、少々眼が開いたということなのか。そうなると味もゆらぎもはかなく消え失せるが、彼方に、逃げ水のように墨は未だいざないをやめない。

このような失礼な想像を、私は案内状の主にしているわけではない。これは全く私自身のことである。ただ、ひとも或いは、と思うだけである。そういう思い重ねしか、展覧会で見る他人の書に、私は親近感を抱けない。書とはそれ程にかたくなに個のものである。書家の書であれ、そうでない人の書であれ、書はその人個人のもの以外の何でもあり得ないと、本質、根のところでは定まっているもののように、私には思われる。

或る種の共感を覚える時は、むしろそれは自と他を別《わ》ける知覚としてである。そのことは、書が文字という約束の記号を書いていることで、暗黙のうちに近親な心情、なれあいが成立していて、自と他の橋渡しが容易な一面を持っているることにもよるのであろうが、実はその共通の約束ごとの内側ほど深い淵はないかもしれない。約束ごとがあまりに当り前なことであるから、内側の深さを、さして恐ろしいものとも思わないでいるに過ぎない。でなければ展覧会などで、さらさらと他人の書の前を見て過ぎることなどはとても出来ない。また反対に、人前に自分の書を示すことも。

共通の約束ごとという隠れ蓑は、だがスケスケで、内側の淵の深さ浅さは知れる。しかし、知るだけではどうにもならない。そして少しの共感、というようなものを手がかりにしても、あるところまでしか立入るわけにはいかない。入れそうであっただけ、自他の差は強い。

「書は抱懐を散ず」というのは、余程深い個の淵を抱いている人の言葉であろう。この美しい言葉に、おこがましいがうなづき得るとしても、その散じた抱懐のかたち、書は、やはり個であり孤である。

散じたものを人に示すことは別の行為で、この行為をするとき、他人にそれを抱き取って貰おうと期待しているのかどうか、無意識にそう願っているのかも知れないが、さし当り散ずることの続きとして、展示しているようなふしも私などにはある。

抱懐の散じ方の現代的形式なのかもしれない。思う人、遠い人に手紙など書き送るならわしが少ない電信電話の世の中に、人間のおのずからの心情が生みだした散じのてだて、というふうに思えば、不特定多数への案内のふみも、雅びを帯びなくもない。有難く頂戴しようと思う。

しかし案内状の主は、おおかた散じたものを、結局自分で拾い集めるのである。人の目に触れて重くなった昨日のおのれの心の破片を。

獨楽

書はかたくなに個のもの、とさきに書いたが、習字というものは公共への志が根にあって、行なわれるもののように思われる。個よりも普遍へのてだてとなる要素が多いように考えられる。

私達の子供の頃、学校で書道の時間というものはなく、習字であった。技の方面のことであり、道ではなかったので、まことに爽やかなもので、「心正しければ筆正し」というたぐいのことも言われたが、私はあんまり信じなかった。いい人でも下手な人はどうしても下手なので、むしろ狡《ずる》い人の方がお手本を要領よく真似るので、これは不器用か器用かの段階が大きく別けることであって、器用な人はトクだと言うことがはっきりわかる学科であった。いくら正しい筆法を、と言われても、他を模倣することの不器用の者にはムリである。

私はと言えば、真似しようと思えば普通程度にはやれるぐらいの器用さはあったが、そういうことが面白くも楽しくもない性質なので、つい、お手本と違うように線の長さを伸したり縮めたりしてしまうので、習字ということを、一応ハード・ウェアの学科とすれば、ダメな生徒であった。

しかし先代の羽左衛門のように美男子であった女学校の習字の先生は、お心も優雅で「手本とは違うがイイところもある」と言って下さったので、私はどうやらこの方角に連なるとされる仕事で今日まで生き延びてこられたようである。

ペン字の時間もあった。Gペンを木製の軸の先に押し込んで、一字書いてはインキを付け、二字書いてはインキの瓶にペン先を入れ乍ら、不便なことだ、毛筆の方がずっと楽だな、と思った。毛筆の穂に充分墨を含ませれば、一行や二行すいすいと書けるのに、ペンは不便、と思った。どういうわけか、万年筆は使ってはいけないのであった。今でも不思議に思っている。

インキ消しなどという液体の入った小瓶も傍に用意して、使えば紙が黄色くなり無慚《むざん》なことである。

そこへゆくと墨消しなどと言うものは聞いたこともない。やはり東洋の君子の文房の具は違うのでありましょうか、第一インキのように一色でなく、濃くも淡くも、にじみもかすれもあり、磨墨《するすみ》という黄金の時間、筆触の妙なる官能、かかる高次の用具を少年・少女の日から扱うのであるから、書取の時間とはおのずから違うと、如何《いか》にノホホン少女でも感ずる筈、「美的」に按配《あんばい》して書かねば相済まぬ、と思ったかどうか、人真似が大勢を制していたとすればまことに勿体《もったい》ない。

ソフト・ウェアの道具を使ってハード風な学業とされて来た感じはあるが、東洋風な教養というものは、いつもこのように、扱う方の心ごころで、どちらにも応用の利くものらしく、私のように勉強嫌い、研究不熱心の者ですら、習字をしたことについて、ふと「邪魔になる程の教養」を、逆説でなく思うのだから、大勢というものはおそろしい。

作文はあっても作書はなく、創ることは無く、習うことは多い場で、それが

「書」と言われるものに、直ぐに繫がる場でなされたのであった。

今の学校では、どうなのであろう、「書」と「習字」は別の時間で、先生も違うのであろうか、「書」はなく、「習字」だけなのかよく知らないが。

熊谷守一のような先生が、習字の先生で「獨楽」と黒板にお書きになって見せ、「あなた方も私がするように自分の好きなようにお書きなさい」と言うような課業になったら、そういう教室を出た生徒は、入学試験も入社試験も間違いなく落ちて、仕舞うであろうか。

その人の書「獨楽」は、石ころ一つあれば一年でも二年でも独りで遊べるという人の「獨楽」であって、孤も孤、個も個、正真正銘の密室、深処、または浮游、茫渺《ぼうびょう》、整列人まねの出来ない人のものである。

しかし、それは多数無数の個々にも作用しないとは言えない。むしろほんとうの普遍に作用したがっている。それが、公共への志というものではないであろうか。

公共への志は、近道をとりやすい落し穴があって、人間の機能の一部が機械化しやすいから、習字教室と「獨楽」とは習練の筋が違うのに、同じようなしぐさと用具で、方法論をまぎらわしくしている。同じ約束の記号を使うので、違いは却ってはっきりする筈なのに、大方の認識は、同一の道筋のものとしているようである。

世人が「獨楽」の方角を好むようになり、入試の選者も、答案や履歴書の我流手蹟を楽しみ、ためつすがめつして、時には一枚貰って帰り、床の間に掛けたりして、審査は非能率のあまり、入社入学が決まらないうちに、次の新卒、新入が押し寄せる、などというのなど愉しいこと極まりなしであるが、何を妄想を、と言われるに決っている。

でもそうなれば、創造力とまではいかないにしても、想像力ぐらいは、今の人間にも少しは立ち戻ってくるのではないかと思うのだけれど。

てがみ

先頃、離洛帖《りらくじょう》の真蹟を見ていて、ふと表装というものを考えた。表装が、私的なものを一挙に公的なものに変えてしまう、強引な、それでいて、あるいはそれ故に、まことに優雅なてだてであると、そんなふうなことを思った。

文書のなかで手紙の類に私はなぜか心を惹かれる。それがたまたま古典の名筆と言われているもので、公的な評価のあるものでも、手許の写真版などで見ている限りは、気安く眺めていられるが、それの実物を、博物館などの展示で、立派な表具をしたものとして見ると、ふと戸惑いを覚えることがある。身近な版本の見ぐせがついているので、堂々と美術品として見せられると、ふだん馴れ親しんでいるものに、一瞬だが距離が出来て一寸寂しいような気持になる時もある。

公的な展示物は、まぎれもない実物なのだから、言うまでもないことだが、ふだん見ている版本なんぞとは比較にもならないことに、とむねを衝かれるし、ガラス越しという物理的な隔てに、表装された公の表情が加わって、なにやらいかめしく、こちらをたじろがせもするのだ。つまり強引で優雅なゆえんである。

離洛帖も、日頃見なれ暗記しているような版本の印象があったので、それとは異質の、つまり本物の力が、私をつき離したようであった。それは私の、私的でひそやかな、この手紙への狎れを恥させるていのもので、私はあわてたようである。

この真蹟は今までに幾度かは見ているが、何分日頃版本ばかりを見過ぎていて、私的な身近なものにしてしまっていたことが、公の実物を前にしてまぶしかったのでもあろう。

秘めていたものが公的になった時の、何層倍の輝きに戸惑い、日頃の私物と、目前の公物とを、重ねて一つのものとするのに、私の心情は相当に無器用であった。

表装され公的になった手紙は、それを受け取った個人にとっても、（その人が実在しているとして）もう手に取って読む一葉のたまづさではなくなっているであろう。

ましてや版本育ちの私の離洛帖が、眼の前の公的な実証で、その存在が、実物、版本もろともに、実は抽象そのものであることに気付かせられたのも当然である。表具のせいでも版本の見過ぎでもない。

表装も版も、普遍へのてだてであることでは変わりはなく、表装は優雅、版はやや粗っぽい差があるが、普遍が自然に含む、抽象への仕様に過ぎないのであった。表装された実物が遠く、手許の版は近い、と思ったのは錯覚で、人為的な提供の手品に乗っていたのである。公も私もなく、遠くも近くもあるこの一個の手紙形式の書は、だからそこで私の中で、まさしく抽象としてのかたちをとり始めることになった。

版本への狎れも、実物への畏《おそ》れも、私の見方の甘さの証しなので、一個の抽象として、この書を認識することではなかったのは、私が、この書をあまりに好きであったから、ということに今はしておきたい。

だからなお、認識などと言っても、この書について、全く不勉強なことは少しも変わらず、筆法、書風、様式、何一つ見分けることもせず、ただ感覚に溺れているらしいのは、この書の放つもの、超えがたい時間、空間を敢えて超えようとする念力、迫力がさせるのである。手紙という形式ならではの神秘、その筆使いの、精神との切り結び方、それは、文字そのものが解放を求めているように思われる程、こちらを逐《お》い込んでくる。そういう力が、こんどはこの書を現在との時間、空間を超えようとさせる。

私の日常にも、時々、いい手紙を貰うことがあるが、受けた手紙の向う側には現実の人がいて、その容、声、様子が重なるのだが、それでも手紙は文書の一つ、心情の表現であるから、心の委託、祈りのかけ橋で、具体的な伝えごとのほかの何かを宿すものである。

難洛の手紙の現実は千年の昔、私の知らない人から、やはり知らない人への、あたかも夢の浮橋であるから、烈《はげ》しい筆あとも、読めば近づき思えば遠のきといった具合である。耳許にささやくかと思えば、ついには模糊たる雲の中に駆け込んでしまう天馬の趣きである。それは、私を振り切って高らかな音声すら伴い、空に昇華するが、また立ち戻り見れば見る度になまなましく生き返り、息づき近寄る。

私はその二つの、時、空をひっくるめて一つの抽象を打ち立てなければならない羽目に追い込まれる。私のこういう参加の企ては、認識とは言えないかもしれないが、その抽象を、醇乎《じゅんこ》としたものになし得るかどうかに、私なりの、認識ということも、かかっているのではないかと思う。

古い書とのかかわり方は、こういうふうにしか、私には今のところなさそうである。

記号と文字のあいだ

T・Vの「ビッグショー」という字を書いて、ヨが大き過ぎると投書で注意されたことがある。

私はビ、ツ、グ、シ、ヨ、ー、という六つの記号を使って、一面の作品を作ったつもりだったので、この御注意は見当が違うと思った、が、公共のものの題字は書取りにもパスしなければいけないのであった。

最初に書いたのなどは、ヨよりもシが小さいくらいだったし、ビは大きく、ツとグは同じ程度という構成にした。それを使ったら、もっと投書が来たであろう。

私の書の構成は、現在の書取り科のキマリを外れているらしい。聞くところによると「木」の字の縦の線は下で左斜め上にハネてはいけないとか、「耳」

は「耳」なのか「耳」なのか、「女」は斜めの線が横線を突き抜けるか抜けないかとか、ややこしく、うっかり書けないようである。筆を持つ手もおそれおののくしだい、私などは止めるつもりが勢い余って一寸撥ね上る時はしょっちゅうだし、その逆もある。その筆端の表われこそむしろ手蹟の本質と思ってきたので、天眼鏡で覗かれて、○と×とに分けられるようなきゅうくつな話とは知らなかった。

　文字は約束の記号にはちがいないが、一字に幾通りかあり、単一にキメつけないのは、人間が造り、血を通わせて使ってきたものへの畏れを知っての配慮だと思う。記号は見るもの、文字は読むもの、見るほうは○×で済むかもしれないが、読みにはもう少し心のはたらきも要る。「一両二両の雨という字はまた西とも読む」という笑話があったが、これほど融通《ゆうずう》無碍《むげ》にも参りませぬが、「木」にしたって縦線の下は木の根のかたち、あんまりしっかり止めては根が伸びられず、張りようもない。根まわしされた木のようでかわいそう。

　また「川」は縦三本がキマリとしても、三本の線、止めても、ハネても、また少々横に流れて消え入るように書かれても、三本あれば「かわ」と読んで下さい。

白

「一枚の餅のごとくに雪残る」という俳句があった。さもありそうで、そんな雪のかたちを思い浮かべることが出来る。

毎日、白い紙をのべて、墨絵や書をかいているので、「白」というものには、つい心が動く。

白い紙に、墨で線や点を書くと、紙の白は、別の白に生まれ変わるような気がする。紙の白さが、更に白くなる、とでもいうのか、墨で限られた、かたちある白は、何か
にな
る。

それは墨色の余韻にもよるし、墨線の力にもよる。墨の深さと白の深さは等価だと、ずっと思っていた。

しかしこの頃私は、白の方によけい心を動かされることが多い。等価である

筈はないと思うようになった。墨が人為の部分であり、白は人為によって出来る白とはいえ無為であることには変らない。墨という人為によって限られても、限りようのないものが、白にはあるのだから、等価とはいえないので、もともとある白は無限のもので、墨を無限の深さにしない限り等価ではなかったのだ。

余白の白は、だから、名筆名墨で、掘り起こしても、墨に対立する、ということがない。ただ無為の深まりを示すばかりだ。

墨にこざかしさがあると、白もはたらきを期待されて、何かを語ろうとしたり、余白がイキイキしている、といったようなありきたりの次元につくことになる。

一枚の紙に過ぎない余白が、雪を思わせたり、お餅や波の花を連想させることを、白を活かしたこととして珍重がることは、おもしろいことかもしれないが、白は、それよりも、ただ白である。白というものが在る、そのことの方が重いのだ。「花が雪のように散る」とか「花のように雪が舞う」とかいう、安易な形容が、あさはかに花や雪をおかしても、花は花、雪は雪であるように。

ついこのあいだ、アメリカの彫刻家が家へ来て、「あなたのは、はじめからミニマム・アートだ」と言ったけれど、ミニマム・アートというのが、どういう概念のものか私は知らないが、白はただ白、赤はただ赤、というものを、そのまま提出する、というのは、一寸魅力のある方法に思われる。

表現という、おもわせぶりを排しているだけでも、すがすがしい。それは老子の「無為を為す」ということと、つながっているのであろうか。

白はただ白である、ということをおかさないようにしなさい、と墨も言っているように、私には思われる。

話のもとすえ

外国生活の間に、日本の旅行者が立ち寄られることはままある。親しい人なら、私の手料理でも食べてもらいながら、ごく最近の、日本の話など聞くのは楽しいことであった。

従弟の篠田正浩（映画監督）とシナリオライターの白坂依志夫さんが、ソ連、ヨーロッパ各国を回って、ニューヨークの私のホテルに着いた夜は、もう秋の終わりで寒いときだった。私は御飯を炊き、お豆腐のおみおつけ、てんぷらなどをつくって、居合わせた甥（日本商社員）や親戚筋の大学生（留学中）もよんで急に大勢になって食事をした。私のお釜では御飯は二度炊かなければ間に合わないし、器も足りなくて、コーヒー茶碗にお豆腐が浮いているような食事だった。

二カ月間、日本風のゴハンとオカズに接しなかった従弟たちには、それでももう感激で、滞在十日間の朝夕、よく私のところへきて食べた。

私が日本へ帰った時、レストランでばったり会った寺山修司さんが「白坂や篠田（正浩）は病気をして、桃紅さんはオジヤをつくってやったんですってね」と言われたのには驚いた。二人とも相当強行なスケジュールでバテてはいたが、そして発熱もしたりしたが、オカユやオジヤを食べさせるほどではなかった。日本では話に尾ひれがついて、寺山さんの耳に入る頃には、二人がくたびれていたことと、私が食事をつくってあげたことの二つが絡み合って、オジヤが登場することになったらしい。

話はおもしろくするためには、たいていの人はすこし大げさにするし、ことに、相手は想像力豊かなる映画人や戯作者であるから、話のふくらませ方や、カット、脚色は自由自在、お仲間がニューヨークでオジヤを食べるシーンをつくり上げてたのしんだらしい。

その頃のある夜中の二時頃二人がやって来て、「今、ノーマン・メイラーとのインタビューを終えた。熱いうちに話したい」と言うのだ。全くまだ熱いエキサイティングな話し方で、会見の一部始終や、メイラーという人の異常で魅力的な人物と言葉が、生き生きとこちらに伝わってきた。内容はとてもここには書けない。

バスルームに日本の江戸期のあやしげな絵がかかっていたとか言う話ぐらいは、私も彼等の眼を見て聞いていたが……。

新聞社の人や、メイラー夫人も交えて、九時から午前一時頃までにウイスキーを何本あけたとか言ったが、このへんも日本では、半ダースだったり、十本になったり、メイラー氏の「話」もだんだん派手になっていったらしい。（しかし、これは速記があるから大丈夫である）

二人が引き揚げたのは五時か六時か、これもはっきりしないが、明け方、コーヒーをわかして三人で飲んだ。大げさではなく、あれくらい朝のコーヒーをおいしいと思ったことはない。

桃紅

「藤田桃江様」という宛名の手紙が届いた。所番地に間違いはないので封を切ると、巻紙に毛筆体の印刷で、中の宛名も肉筆墨書きでやはり「藤田桃江様」である。内容が茶会の招待であっただけに憮然とした。

近頃、国語、国字問題がまたやかましいことになっている。「いつの時代でも、その国の言葉は、先進国と思われている国の言葉をとり入れて来ている。〝漢〟という国は今の日本にとって先進国ではない。漢字という表意文字の使用が次第に減るのは当然」と、言語心理学者はおっしゃる。「藤田」は論のほかだが「桃紅」が「桃江」になりやすいということは、たしかに、雅名を使うことの時代遅れにあるにちがいない。そういう号や名の使い方があることも知らない人がふえているのだから「これはさんずいと糸へんとまちがえている」と思って、普通に有り得べき『桃江（ももえ）』というやさしい音を持つ名に直して下さることになるのであろう。

しかし私は「藤田桃江様」には、ぞんざいな、というとがめの心とは別に、やはりひっかかる。

木の傍の人が「休」むで、口と犬とで「吠」えるなどという記号の発想は、象徴的映像的で、そしてじつに鋭くまたしゃれている。こういう文字は、長い間に日本人の心のひだを微妙に育ててきた。文字は心や物の記号であった時よりも、その記号に、心や物ごとが培われて来た年月の方が長い。「桃江」も音はトウコウである。外国でＴＯＫＯとよばれたり書かれたりすることには一向平気なのに「桃江」にがっかりするのは、もものくれない（厳密にはもものくれなゐ）、こういうやっかいな漢字から、やまとことば的心のひだを辿る道筋を「桃江」は裏切るからだ。

『源氏物語』のように殆《ほとん》ど仮名だけであれ程のものも書けるのだし、また、漢字仮名まじりの時代になっても、仮名的情操は、かたちを変えて生き続けてきたものもある。

これからの若い人達が、表音文字を多くし、先進国と考えている国の言葉もとり入れて使うほうが、漢字の多い文よりも、表現が豊かになり、情操も新鮮に培われるのなら、自然にそうなるのではないか。仮名的情操、漢字的情操、漢字仮名まじり的情操があれば、仮名＋外国語（漢字でない）＋少数の漢字的情操というものも生まれるであろう。古めかしい「桃紅」なんぞも、別の記号の持つ、新鮮な土壌に移し植えられるのなら、さして悲しむこともないかもしれない。

しかし、変わっていくということは常のことわりでも、変えていくということは相当おおけない行為である。

記憶

クラス会などで、お友達から、あの時あなたがこうしたとか、こんなことを言ったとか、昔のことを言われるが、私はそう言われる自分のことを殆ど覚えていない。自分のことで、自分の覚えていないことを知っている人がいる、と思うのは、あんまりいい気持ちではないが、また、これは私だけが記憶していることと思うようなこともあるから、しかたがない。

女学校の時、私のクラスの人達は皆たいそうことばが良かった。というより一寸、大人びたことば遣いがはやっていた、という方が当たっている。「申し上げた」とか「なになにと存じます」などという人が多かった。同じ学校で、三年上の私の姉のクラスでは、男の子みたいなことば遣いがはやっていて「スゲエ」とか「そういうものかねえ……」などとやっているのだった。

母は、私達それぞれの遊びに来る友達のやりとりを聞いて、夕食の時などに、姉のクラスの方が気取らなくて好き、と言っていた。姉も「アンタ達のはソラゾラしいよ」などという。私もそう思っていたので、極力男の子風をクラスに取り入れようとしたが、多勢に無勢であった。

家の近所に、二条さんという学校は別だが姉と同年輩の娘さんがいてよく一緒に遊んだ。彼女は「ウチはね、格式とユイショあるビンボーカゾクでねえ……」「学習院は月謝が安いからね……」という調子で姉とはウマがあった。

私がある時「学習院では運動会の時、駈けっこもあんまり早く走ってはいけないんでしょう？　アカお勝ち遊ばせ、シロお勝ち遊ばせってやるんですってね」と聞くと「ウーン、そんなのもいるけど」と白い卵がたの顔をシカめてニヤッとわらった。「タラチネじゃあるまいしね」と言うと「ナニ？　タラチネって」と彼女は俄然興味を示した。家に落語全集があったので彼女に見せると、読み出すとたん笑い出し、畳にひっくりかえってよろこんでいる。母がオヤツかなにか持って入ってきたので、急いで起き上がった彼女が、手をついて母に「ごめん下さい」といったそのことばとかたちはとても美しかったことが、今も忘れられない。

彼女は落語全集を借りていって、しばらくたってそれを返しにきた時「学校へ持って行ったら皆が貸せというので、グルグル廻しているうちに先生に見付かっちゃった。あたしが一番叱られたのよ」といってほがらかに笑い、別のもう一冊を借りていった。

こんなまったく何のこともないようなことが、妙にはっきり思い出せるのはどういうわけなのか。

特に悲しいこととか嬉しかったこととかいうのではなく、二条さんがお行儀わるそうで本当はよく、わるい時とよい時とがどちらも自然で、それが少女の心に叶うかたちであったので、記憶に残ったのか。言葉遣いということで思い出す度に、その記憶自体も私の望ましい色合になってゆくのかもしれない。

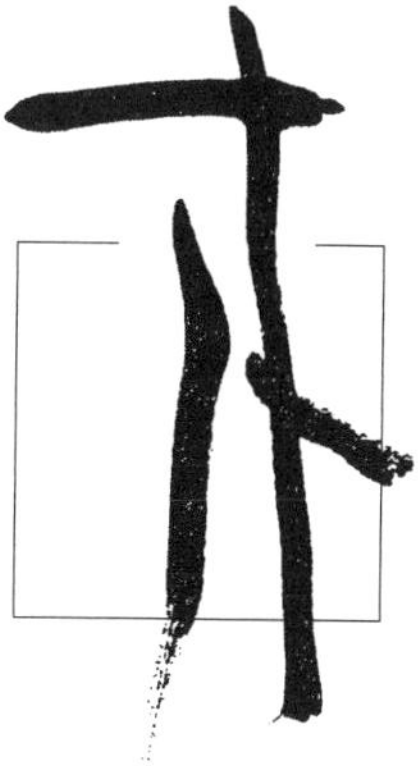

櫻

木偏の字はさんずいの字の次に多い。古い字典を見れば、当用漢字の数に近いぐらいの木偏が並んでいる筈で、それだけでも木と人間との関わりの深さがわかる。

そうして木偏の文字には美しい字が多い。木が美しいから当然といえば当然で、また字がそれぞれの木の相を思わせるかたちを持っていて、人が樹木に寄せた思いも語っている。

身近かな木の「松」「杉」「梅」「椿」「櫻」なども、偏に添える添え方に、記号、造型感覚の原形があって、見ているとたのしい。一字一字に、木の形、季節や位が託され、古人のことづけを受け取ることもできる。

「櫻」という字には、ことにそういう委託があるようで、書いている時にもふと、手が何かに誘われていくような時がある。

「櫻」の旁《つくり》の「嬰」は、玉であるから、もとは櫻桃《ゆすらうめ》の実の紅玉の連なりの形で、さくらではないのだが、日本ではさくらに当てて長いつき合いだから、この字が誘い出し誘い込む、日本人の独特で共通の情感が育っている。

花とか、雪、散、あわれ、死、風、酒、そういうものが、文字の点劃《てんかく》の間にも、立ちこめているようである。ことに、心のかげりの入りやすい墨書きの「櫻」には、見て引き入られるようなものがある。

そのなかで私の心にまず浮ぶのは、藤原佐理の書いた詩懐紙の中の「櫻」である。それが特に好ましい書というのでもなく、むしろおおかたの和様の漢字の書は、私には好きになれないものが多く、佐理の詩懐紙もその例外ではないのだが、妙にその中の「櫻」の字が心に残っている。

佐理の書と言えば、離洛帖と言われる手紙を、最高のものと長年私は思い込んでいて、つい先頃も上野の展示で実物を見て、あらためて、奔放で超克的なその筆力に打たれたが、詩懐紙のほうはそれと同じ人の手蹟とも思われないおとなしい書である。
離洛帖は、手紙の内容（赴任途中からのさしせまった重要な詫びの依頼）と筆力が見事に響き合って、遠い辺地と都とを一挙に近づけようとする念力のようなものがあるのに較《くら》べて、詩懐紙の方は、詩会の作とはいえ物足りない。それなのに「櫻」の一字だけは、少女の頃最初に見た時から、ふしぎに心に宿っていた。
十数年前、小松茂美氏の著書で、佐理についての文を読み、ふとそのことに思い当るふしがあった。
それは、佐理の祖父の藤原実頼の家集に、
『むすめにまかりおくれて、又の年櫻の花ざかりに、家の花を見はべりて、いささか心に述ぶるという題を
櫻花のどけかりけんなき人に恋ふる涙ぞまづは落ちける』
とあるこの一首によって、詩懐紙の櫻が彷彿《ほうふつ》とするのではないか、と書かれている。実頼の小野の宮の邸で催された詩歌会で、佐理が書いた「櫻」は、佐理

にとっては、叔母にあたる人のゆかりの櫻であったから、若くしてなくなったその人の思いは、若い佐理の筆に宿ったのかもしれない。

精とか霊とかを信じているわけでもないが、ふとそんなふうに感じたのは、「櫻」という字だからではないかと思う。長年日本人のさまざまの情が託されてきた「櫻」は、字のつくりも、思い入れのききそうな恰好だから、精や霊が依りつきやすく、平安朝に憧れていた少女の心に、精や霊の、よりしろめいて見えたのでもあろうか。

「隔水紅櫻……」の句のある、充分美しい詩はかすんで、「櫻」だけが心に残っているのも、言霊か字魂かが、点劃に籠り、筆を動かし、墨を匂いやかにした……というと、人は嗤《わら》うかもしれないが、信じる信じないはご自由として、何だかそういうことが有り得そうな文字なのである。

「櫻襲《さくらがさね》」という平安の色名があるが、その字を見るだけで、匂いたつような紅色が目に浮かぶ。そういえば、佐理が見た小野の宮の「櫻」は、濃い紅色の、それも枝垂桜《しだれざくら》ではなかったかと、そんな気がする。

「炎」という字が好きで、この字を造った人が妬ましいと、前にも私は書いたことがあるが、炎とか、赫、明、晶など、点劃を繰り返し重ねる字は、それだけでサインとしての暗示力がある。「櫻」はこのような字と較べてみても、更に畳み込みが複雑で、視覚の暗示も強い。

「隔水紅櫻……」の「櫻」は、水に映ってあやしくゆらぎ、佐理のうた心を誘い、まだうぶな二十六歳の水茎にその精がよりつく……。

染墨の紙が数千年も保つのは、そういう精霊の棲家《すみか》だからかもしれない。

槐

合歓《ネム》　槐《エンジュ》低く靡《なび》きて、
　しづかなる雨は　濡れ来ぬ

折口信夫氏の『近代悲傷集』の詩のこの一節を読んだ時、ふと昔住んでいた家の庭に、槐の木があったことを思い出した。詩集を読んだのは、二十数年も前のことで、槐の木のある家に住んでいたのはそれよりも更に二十年も前の古いことである。

幼時の家のその木は、庭の東南の隅の井戸の傍に一本だけ立っていた。子供の眼には大木に見えたが、あるいはそれ程大きくはなかったかも知れない。子供達には丁度恰好の木蔭だったのか、母が井戸の側へ行ってはいけないと、厳しく言うのもきかずに、姉や友達たちと、木の周りで追っかけっこをしたり、茣蓙を敷いて遊んだりした。

子供はいろんな所へ行き、場所も替えて遊ぶものだが、特に好きな所というのがきっとあるので、あの庭井戸の傍の木の下は、そういう気に入りの場所だったらしく、記憶が妙にはっきり戻ってくる。

たいていの子が一度は必ず描く絵、家が一軒、お日様が照り、木が一本立ち、下に草花というあの式の絵を、私も学校で描いたが、その絵の一本の木は、いつも必ず井戸端の槐の木を描いたつもりなのであった。

その木の名が槐であることを知ったのは、ずっと後で、もう家と木とお日様の絵は描かなくなってからであるが、えんじゅという音《おん》と、木偏に鬼の点劃は、何となく心に残る文字であった。

やがて父がその家を売り、郊外に移り住んだが、新しい家の井戸端などで、ふと前の家のその木のことを思い出すことはあったが、いつとなく忘れてしまっていた。

そのうち世の中が騒がしくなり、疎開などして、戦後また東京に戻り、あわただしい日々の中で読んだ詩集の「沙丘」という題の詩の中に、槐の字を見つけて、ふっと井戸端の木を思い出したのであった。

この詩の槐の文字に出遇う前にも『金槐和歌集』の写本などを手習いの材料にしていたこともあり、槐という字は時々見ていた筈だが、なぜかこの詩集の槐が、私を昔の庭の木に引き戻したのだ。

詩集を読んでいる時の心の状態というのはどういうはたらきがあるのか「低く靡きて」という言葉が、童女の眼が捉えていた木のかたちに通い、ひょんな出遇いをさせたのであろうか、頭上に、複葉の葉が垂れて、さらさらと風に靡いていたような気もしてくるのだった。

その詩を読んでしばらくして、折口氏のお弟子であった友人に連れられて、大森の奥のお宅をお訪ねしたことがあった。そのお住居が、例の子供の時の家のすぐ近くであったことも思いがけないことであった。

数日あとに、私はすっかり変ってしまった道を辿るようにして昔の家に行って見た。門はそのままのようであったが、道から見える筈の槐の木はあとかたもなく、庭井戸のあったあたりには建物が建ち、母屋も改造されたようすで、やはりそこはよそのうちになっていた。

折口氏にはその後二三度お目にかかる折があったが、詩の槐がどこの沙丘の木なのかおたずねも出来ずいるうち、折口氏は亡くなられた。大森のお宅のお葬儀に参ったあと、ふる家の方を廻って見たが、我が家ばかりでなく、あたり一帯変ってしまっていた。ただ隣家のT家だけが昔の見覚えあるたたずまいで、懐かしかった。

中国の周代の故事では、槐の樹下は、三公（大臣のこと）の座としているが、どうもそういう方角には我が族は一向に縁がない。隣家のT氏はその頃幼い息子さんだったが、もしかしたら槐の樹下で私達と遊んだことがあるかもしれない。むしろそちら（国鉄のT氏）には故事の縁があるような、なにぶんもうあまりにも遠い日のことで、すべてさだかではない。

本郷の知人の庭に、幹がひとかかえもある槐の大木があるので、私は時々訪ねてその木を眺める。根元が洞《ほら》になっていて、そこに長年蟇《がま》の一家が住みついているという。その庭は、一寸比類のない程の美しい苔庭であるが、丹精された苔を蟇が荒すので、洞に蓋をしたりしても、どんな細い隙間からでも這入《はい》り込んで住み、よそへは行かないのだそうである。庭の苔の種類は二十種以上もあるが、その中のいちばん柔かな苔を選んで、蟇は卵を生むと、心優しい庭のあるじは長嘆息だが、あの、錦繍《きんしゅう》も及ばぬ褥《しとね》を臆面もなく使用するとは、それは蟇の大臣一家のしわざにちがいない。

植物事典によれば、槐は豆科、中国原産、早くから日本にも移植され、SOHARA・JAPONICAと言われ、古名は恵爾須（ゑにす）と言ったという説もある。ゑにしだ、あかしやとも同類の喬木《きょうぼく》で、街路樹、庭樹に多いとある。

東京では、土橋通りの並木が槐であることを、近頃人から教えられて見に行った。並木はまだやや若木で、私の頭の中には、槐は大木、の思い込みのようなものがあったらしく、今まで気が付かなかったのだと思ったが、それにしても有楽町から新橋あたりよく通る街なのに、不覚なことであった。

夏、葉ずれの音を聞きながら、淡い黄いろの花を眺め、秋には莢の実が成るかもしれない。街あるきのたのしみが一つ出来た。並木が大木になり、歩道が昼も小暗くなる程になったら、根元に蔓なども住み、銀座の雨も広重の雨のように降る、というふうにはいかないものか、槐が、排気ガスに強い木かどうかは、事典にも出ていなかったが……。

葉も花も枝ぶりも、クルマが疾走する街には痛々しいほど優しい姿で、とても、鬼が棲むか蛇が棲むか、という感じの木ではないが、旁は鬼の文字、鬼にも征伐されてしまうやさしい鬼もいるから、その地方の木だったのかもしれない。

楓

富士の麓にある小屋の庭に楓を植えた。

楓は板屋楓である。

闊《ひろ》い葉を打つ雨音を聴きたいので軒近く植えた。株立ちの、人の背丈ぐらいの木だったのが、二三年でたちまち伸びて、部屋から富士を見えなくしてしまったので、惜しいが今年は梢を少し剪った。

この辺は霧が多いし、照れば陽射しは強いから、木はよく伸びる。家の周辺の落葉松林など、年々三尺以上は伸びて行く。去年富士が見えた地点で、今年は見えなくなっているということがよくある。

だが落葉松がそのようにずんずん伸びることは思うだに気持がいい。伸びるばかりでなく枝を張る。四方に手を拡げ、無数の細い葉を繁らせる。それは、緑の織物で掩《おお》うように丘々に厚みを持たせ、秋には黄金になり、雪が降れば、金の細い針一本一本に銀泥を載せ、そして晩秋落葉松は葉を落し切る日まで、山や丘を織り色の高貴さに保たせる。

樹氷の季節、みどりの粉をまぶしたような芽出しの春も、いつも織り色を思わせる落葉松のその中に、点々と混じる楓は、どちらかと言えば染め色かと、陽を受けて光る葉を眺める。

茅葺きの屋根は雨の音を吸ってしまうので、まずそのけはいを聴きつけるのは板屋楓である。

軒のそばに立っていると、ふと肩に手をやるような湿りを感ずる、ともう、楓にポツンとすずしい音がする。そして木は、いつの間にかしっとりと濡れている。

物の音の多い東京では、こういう雨のおとずれを迎えることがちかごろないな、と思う。

山の雨はみるみる音繁く葉を弾《はじ》き、下草も根元もしとどに濡らす。

株立ちの楓は、根元から六七本の楚《すわえ》というのか、若い幹を直接にめいめい伸ばしていて、それぞれが葉を繁らせているので、雨を集めるような感じがある。殊に驟雨《しゅうう》の時は、枝を拡げたこの木に集中して降るかと錯覚するばかりに、葉という葉が鳴り、水が滴る。

こういうてんねんしぜんの音楽と、人間が作った楽器による音楽とでは、感受する機能が、脳の左右別々に分かれているということを聞いたが、そして聞くことも一方ばかりに片寄ると、一方は鈍くなるということで、機械の音ばかり聞いていると、虫のすだく音も感じにくくなるというような説であった。コワイことだと思ったが、私はまだ今のところ大丈夫らしい。

ゆうべもこまかい霧が、まいら戸に当る音をたしかに聴いたし、うるさい程に鳴いていた虫が、いつか絶え絶えになっている夜、時雨の過ぎるともなく過ぎる音も、聴く。

この楓、秋は目もあやなもみじである。陽の照る闊い葉の赤、霧に濡れる紅、そして下枝にはまだ残る緑と黄、梢は少し褪せ洗われた朱の色、一樹染め分けの数日間、私は気もそぞろである。せめて八日、十日、あの人も招かねば、この人にも、と、おいそれとは来て呉《く》れぬ人たちを数える。もしあした富士に初雪が降ったら、その白に配するこの赤は、この世の色という色の中の色のはず……。

楓の下に流れを作りたいと思ったことがあった。もみじの散葉を浮かべた水の音も聴きたいのだが、人工の流れはむつかしいそうである。下手は出来ないと思う。

水音を聴きたいなら、村はずれの川に行きなさい、と人は言う。言われなくてもその川なら私はつとにお馴染みで、いつもクレソンを摘みに行っている。山裾から細く流れてくるその川は、所々の自然の湧き水も集めて、瀬音清く流れている。やまめの姿も見えるくらい水はきれいで、湧き水と川との間にはクレソンはたくさん自生しているが、村の人はこれを採らない。ドカタゼリ、などといって見向きもしない。その代り釣びとは多くなる一方で、くるまなどでやって来るので賑やかになってきた。

この川にはまだ水車もあるが、その辺の澱みで水を見ていると、流れの音が身中に澱んで鎮まっていくような、時間の推移を感じる。

昨日はそこに居て、もう楓の木の下はいじるのをよそう、と思うようになっていることに気が付いた。

雨とか流れとか、水の音のことばかり書いてしまったが、楓は木偏に風である。

風吹けばさざ波立つような木のさやぎ、風こそ雨よりももっと、楓にふさわしいかもしれない。その葉のやさしい刻みのかたちは、風をこまやかに吹かせて、ちらちらと木洩れ陽を遊ばせる。楓若葉の重なる下に立てば、人の指も掌も青く染まる。

楓は枝がしなやかだから、風もこの木にはやさしく吹くような、あるいは、木が風を楽しませているような、木と風が戯れているふうに見えることもある。楓を通り抜けて来た風や陽の光りは、かすかな匂いに染められているにちがいない。

楓の下草の中に、いちはつの花が咲いた今年の春のある日、その淡い緑を帯びた花びらに、楓の風の匂いをかいだような気がしたが……。

今は秋、すこしの風にも散ってゆくもみじ、落ちる葉、飛ぶ葉、散る葉、降る葉、舞う葉、みんな惜しい。

早朝、水晶に似た霜の上の真紅のもみじを踏み、拾う。

今日は「楓」の文字を書いたあと、「霜上深紅」の四字を書いて置こうと思う。程君房の大事な紫墨を、濃く、いや濃く磨って。

樅

富士山の東北麓に、ハリモミの純林がある。溶岩の中から自生したハリモミは、樹齢二百八十年といわれ、高さ三十米位の大木になっている。木は約二万本、垂直な幹を立て列《つら》ねた林の姿は、富士山という山に配するに、格別ふさわしい眺めをもっていた。

もっていた、と書いたのは、近頃その木が次第に枯れ始め、葉のない立枯れの木がめだって来て、台風などの後にはおびただしい倒木が横たわり、また隣の木に寄り掛ったりして、無惨な姿を見せるようになってきたのである。

この林は、一九一六年に、ハーバード大学のヘンリー・ウイルソン教授によって、学問的に発見され、世界に類のないハリモミ純林として、海外にも報告され、一九五三年に、天然記念物に指定されたというが、この十年来枯れ木が目立ってふえ、現在生きている木は数千本ではないかと、富士吉田営林署では言っている。

この林と私のつき合いは、二十年ぐらいになる。ほんとうはもう三十何年か前に、この林の脇を通っている県道を、驢馬《ろば》に乗って行ったことがあるのだが、その頃はそのような珍しい林とも知らず、そのあたり一帯に多い赤松やら松の林と同様に見なして過ぎたのだと思う。山中湖畔の宿から、忍野《おしの》八海を見て帰ったことを覚えている。

戦後十年たって漸《ようや》く旅なども少しは出来るようになり、富士山麓を周遊した時、昔行ったことのある県道に、「ハリモミ純林」の立札を見つけて、更めてこのうつくしい林に気が付いたのだった。

土も水も極端に少ない溶岩地帯に、よくもこのような大木が育ったもの、という驚き、そしてその端麗な樹姿を保っている木の健気さ、ということにも打たれたのであった。

村に小屋を造ってからは、この林は私の散歩圏になり、急に親しいものになった。親しいなどといっても二万本の大木の林だから、横断も縦断もしたことはない。県道から少し林道に入り、道が細くなって畠に出て、また林に入り林道に出る、といった散歩であるが、いつともなく、枯れ木が目に付くようになってきたのだ。

この頃、枯れ木は加速度的にふえ、風の強い夜はいつもはらはらし、翌朝木々の痛ましい姿を見なければならないことが多くなったのである。何とかならないものかといつも思うが、根は浅く、木は喬《たか》く、枝々は水平に張っている。風には悪い条件が揃い過ぎているから、根を揺さぶられて、枯れ方も速まるらしい。倒木を見る度に、そのあからさまな根の貧しさには心が傷む。

ハリモミはもともと山中にポツンポツンと極く稀にある木で、実生で殖《ふ》えることもなく、「植物のトキ」と言われているそうである。溶岩の上に群生したこと自体不思議なことで、どこからどのようにして、種子が根付いたのかもわからないのだから、枯れを止めるてだてがないというのも無理はないが。

太い幹を立て揃え、濃い緑の葉を繁らせ、深く、浅く、断続して二つの村里に拡がっている林、真直な大樹の連なり、その梢の上に見る富士は、靄《もや》の深い暁、紫紺の夕ぐれ時、いつも丈高くそそって見えた。

その富士に対って歩き、足許から涌く霧に誘われて林道に迷い入り、兎を驚かし、こちらも驚いたりしたこともあったが、此頃は、兎やリスもあまり見かけなくなった。木が減るのは、動物達にも、心細いことであろう。道に敷く落葉は、今は浅くなり、朽木のうずくまりを踏めば崩れる。「倒木に注意」の立札が所々に目に付き、やがて散歩もできなくなる日が来るのか。営林署の人は「山中湖の水位が下ってきて、溶岸地帯に含まれる水分も少なくなっているからか、三百年が樹の寿命か、虫が殖えたからか、本当のところはわからない」という。

ただ、ある年月、地球の上のたぐいない山の裾に、うつくしい樹が群生し、閑かな林をなしていたことがあった、と、それだけでいいのであろう。その、植物学上の位置づけをした人が、遠い異国の人であったことも、それが旅先の偶然の発見であったことも、自然のいとなみと、にんげんとの触れ合いのほんののひとこまに過ぎない。

私はたまたま県道の立札を見て、その林の存在を知ったが、そのへんに前から住んでいたら、立札が立つ前から林に親しんでいたであろうし、学門上の発見がある前も後も、林下の清風が変るわけでもない。発見に価値がないわけではむろんないが、それで林そのものが変ることはないので、にんげんの場合でも、肩書を知らないつき合いがほんとうのつき合いであることも多いのに似ている。世界に類がないということもさることながら、私にはこの林がただの林だとしてもおなじで、枯れてゆくのを見るのはつらい。

この頃、立枯れの木には、山藤やあけび、葛かずらもからみまとい、それらの葉はいま火の色に燃えて、枯れ木を荘厳する。しかしこの木も、あしたは深い霜を枕に横たわっているかもしれぬ。

「枯樹賦《こじゅのふ》」という書がある。北周の庾信《ゆしん》という人の文を、初唐の褚遂良《ちょすいりょう》が書いた名蹟である。昔、私はこのすがすがしい行書に惹かれて、よく拓本を書写した。書いていると、古人の樹への思いが手を通してかようような気がした。

「此樹婆娑、生意盡矣」というあたりの文字に漂う哀愁を、もう一度確かめたい。

あのなつかしい帖を取り出して置こう。そして、枯れ、横たわった木々の上に、やがて鎮魂の雪が降る日、私も小屋で「枯樹賦」を、もう一度丹念に書写しようと思う。

葉を貰う

二十何年も昔。

ニューヨークでホテル住いをしていた頃のこと。秋から冬、東京などより冬は長く、三月になっても春のけはいは感じられない、近くのハドソン河の氷も解けず、雪も降っては止み、止んでは降る、というような日々、のある日。部屋に長方形の木の箱が届いた。

「花が……」と思って開けると中は緑一色、それは「葉」であった。

艶のある濃緑の葉をつけた数本の枝、一メートル程の枝が木の箱に横たえられている。

花などを箱に入れて贈るならわしは、戦後の日本では殆どまだ無かったので、ニューヨークへ来て、花の箱が届くよろこびを、私は、日本と違った色々の風習の中でも、たのしみ深いことの一つに数えていたが、葉の枝を贈られたのは珍しく、一入《ひとしお》の感じがあった。

東京の風土と違い、常磐樹のないニューヨークでは、街路樹も公園の木も緑は殆どなく、特にマンハッタンでは庭のある家がないから、窓からも草木の緑が殆ど見えない。

三月は、冬の底の感じで、そういう時、生きた緑の葉を贈られたのは、花よりも心がときめくことであった。一本一本の枝をゆさぶると、サラサラと葉は音を立ててひろがり、大きな甕にざっくりと挿すだけで、室内が息づくように思われた。

何という植物か名は知らないが、少しかたいオリーブ色の葉は、柳の葉を幅広くしたようなかたちで、豊かな緑の波の重なりを見て、私はしっとりとした気持になった。日本から持って行った薄みどりの和紙を取り出し、贈り主のメトロポリタン美術館の人に宛ててお礼状を書いた。

その後も、葉の贈り物を貰うことは時々あった。冬の長い、外に緑の少ない土地が育てた、優しいならわしを、私も真似て、ひとに贈ったりもした。

「えにしだ」「かくれみの」「ななかまど」「朴」といった感じの、たいていは灌木《かんぼく》の枝で、そういう灌木が花をつける頃の香りを思い見て、公園や川沿いの茂みを歩く春の日が待たれるのであった。

そんなこちらの心を読むように、アイリスやすみれのような草花が添えられてくることもあった。

箱を開ける瞬間、匂いに噎《む》せるような「茉莉花」や「ミモザ」など花のついた枝は春の先ぶれで、「長い冬でしたね」というような言葉を聞きつける思いであった。

やがて「花水木」「藤」「ライラック」「れんぎょう」「海棠」など、一せいに咲き競うアメリカ東部の春が来るのだが、あの熾《さか》んな色の饗宴に酔いながら、ホンの二、三週間前の灰色の風景のなかの一束の緑を、一層鮮やかに思い返すのだった。

泊瀬

初冬の或る日、奈良泊瀬の長谷寺に行った。仁王門をくぐり、三百九十九段という石の登廊を見上げると、午後の陽が左から射して、柱と、柱との間の横木と、登廊の廂《ひさし》とがつくる美しい絣模様が、ゆるやかな石段に捺《お》されている。このもようを踏んでいきたいな、とも思ったが、こんな陽のあたたかな静かな午後を、山を見ながら登るのもいい、と思いついて、左手の外の石段を行くことにした。人影はほとんどなかった。登りつめて、本堂の、大らかな十一面さまを拝み、左手の広庭に出て、さらに高い泊瀬の頂きを眺めた。杉や桧のすがすがしい木立ちを、上から下へと眺めおろした眼が、ふと真紅の一点にとらえられた。

近よって見ると、それは牡丹であった。ただ一輪、濃い赤に少し紫を帯びた花びらが、七分開いている。寒牡丹である。よく見るとまわりの株にもいくつか蕾があがっているが、今はただ一輪の赤である。ぬけるように青い空の下、山の南だれの白い石垣のそばに、その花は咲いていた。

ここは牡丹の木で有名なお寺である。春の季節に行き合わせたことはないが、登廊を折れ下りながら、その両側に植えられた、おびただしい牡丹の株に、花時を想像することは出来る。

まだ観光客のつめかけない早朝、春の靄を一杯吸った、みずみずしい花が咲き溢れ、たおたおと朝の風にゆれる、白や赤や淡紅の大きな花が、想像の花が、石の廊の両側に咲く。しかし、たった今見た一輪の寒の花は、どのようなほしいままの想像の、幾百幾千の花よりも、確かな美しさで心に宿った。冬の花の色は、冬に堪えた烈しいけなげな色である。花咲く春、というあたりまえの自然を超えたもの、それは、自然というものの奥の深さを思わせる色であった。

あの赤を、春の霞のなかに置くことは想像出来ない。つめたい、水のような空気の中で光る赤だ。

冬の長谷も、「花の寺」であった。

間をつくる

ボストンのハーバード大学の学生会館にミロの大きな壁画があるが、それをみた数日後その建て物の設計者であるグロピウス氏の家に招かれ、二階の客用の小さい部屋で、先に見た壁画の原画を見た。壁画の方はなんだか物足りなかったがこの小さい絵は美しい。それは秋のサウス・リーカーン村の林の中の一軒家の一室で、黄色い魔術をまき散らしているとでもいうような絵であった。この絵も何倍にも引き伸ばして壁画にすると、ああいう薄手なものになるのか。匂いもこまやかなこの一個の絵の持つ位。それが壁の方には映っていなかった。

その後あるホテルのロビーの壁面をかいた時、ひとから「あれはどうも衿を正さしめる」といわれて考えてしまった。白と黒だけで余白が多くしーんとし過ぎていると言う。ホテルのロビーで衿を正すというのも気のきかないはなしであろう。建て物との結びつき方はむずかしい。ぼやっとしたミロを思いだした。

建築の空間に新しい緊張をもたらし、人間のいぶきを伝え……などとウルサイことはいわないでも、泉のほとりや枝を垂れた木陰に旅人は吸い寄せられるように憩うものであるなら、建物にも、疲れた人がひとしれず溜息をもらすような一隅があってもいいし、たるんでいた心もいそいそと引きしまるようなところもいる、というほどの事は考える。

建物の空間、といっても東洋人のわれわれにはやはり「間《ま》」であり、天と地のあいだに、過ぎてゆく時の間《あいだ》に人間がかりる「間」なのである。一切はそのかかりかたによるものらしい。生きることもつくることも。

生きていればそのまわりにはふんい気という空間が出来る。何かつくるならそのかたちにこころのある「間」をもたせたい。

壁にむかって衿は正さずともすがすがしく、ふと身をよせる柱の彫りはなでても見たく、子供がかく石けりの輪のようにたのしい床や敷き石。天女が木を伝って降りてきて舞うようにと、能舞台にも枝ぶりのいい松を描いた昔の人。

そんなことを考えながら、建築家や室内をつくる人に手伝って、私の仕事の一つとして、新しい障壁画とでもいうようなものをつくっていきたいと思ってきた。

今思うことは、何にもかかない一面に水の影を映して見たい。私の部屋の障子に、冬の陽が外の木の葉の風に揺れるのをうつしている。そんな懐かしい翳をコンクリートやガラスにどのように持ち込めるであろうか。

秋くさの庭

秋好《あきこのむ》中宮というひとは、源氏物語のなかで、私の好きなひとのひとりである。

紫の上は、庭に春の花樹を主に植えたが、この中宮は、対屋《たいのや》の前栽に、もみぢする木や秋くさのかずかずを植えた。

二年前の秋、鎌倉の恵観公山荘で出会ったあるひとが、

「堀口捨己先生に茶室を造って頂きたいのです。それに秋くさの庭と。今お願いしているのですが、お引受け下さるかどうか……」

深いのぞみをこめた眼の色で語るその人の、藍のかすりを着た姿に、ふたあいのうちぎをまとった秋好中宮の姿をかさねて見たりするのは私のわるいくせなので、その日初めて見た長四畳の茶室の寸法に合わせたような、襖の引手の

月の字と、重ねたたむように、その日のことは私の心に残っていた。

今、そのひとのねがいがかたちとなった。そしてそれは物語りがまたここから始まるかもしれない、と思わせるようなたたずまいをもった茶室と庭である。


門は開かれていた。

古拙な切込みのある石を使った延段《のべだん》が右斜めにのび、その奥に赤松の美しい色が鈍く照る格子戸の立った玄関が、深い庇をかざしている。静かなたたずまいである。正面から左手は、木立の多い広い後庭で、ここではまだここの地形が特別なものとも思われない。延段は十尺ほど玄関前から更に右手に敷かれていて、その終るあたりが腰掛になる。

腰掛や路地は、人の造ったものとはいえ、自然の入り込み方が多いので、とりとめない心で居るにはまことに恰好な空間である。私は茶事のなかで、そのあたりに居る時間が好きなので、ついそこに足を誘われる。

その腰掛、路地は、人の心の用意を強いるようなものはなくて、勝手にこちらの心を遊ばせながら、いつの間にか何かより添って来るものがあった。そこはかとないもの、とりあつめようもないものを、そのまま漂わせておく、というような大らかさと安らぎがあった。至った心づかいでほっておかれる、というようなありがたい場所である。そしてここはもう崖の上、大きな天が上にある。

寒竹やぐみの木のあしらいもあっさりと、腰掛の前に一本の杉の木、数歩の先に竹垣が横切っている。竹垣は中の庭を見せるとも見せずともない人の肩の高さで、左手に茶室の深い廂を見せ、廂を支える栗の柱の細さが、影と外光を清らかな線で截《き》り、路地に立つ人のかすかな心のときめきをも支えるかのようである。

竹垣は、家の一部からすんなりと伸びた手のように目前をよぎり、左へ折れて奥の庭を囲む、そのかかえ懐のかたちのやさしさ。垣の高さから、それは囲むというより抱きかかえているようななつかしさである。しかし細い竹を立てつめた垣は、一ことで決めるけじめの言葉でもあり、垣の間の竹戸は、銅鑼《どら》が鳴ればおのずと開きそうな軽やかさである。この計られた調和に心はもう世外にいる。

垣の内は山里であった。何か遠路をたどりついた感じがある。心に深く宿っていて、常には見がたいなつかしい家庭《いえ》、茶室と庭はひたとより添って、そこに山里の一つ家があった。

蹲踞《つくばい》の傍に一本の松の木、青い石を沈めた流れ、その向う側に小高く萩すすきの一叢《ひとむら》、流れにかかり、秋くさの撓《たわ》みにふれそうに右奥から張り出している月見台、蔀戸《しとみど》のような格子の戸袋、廂の下のたたき、苔からたたきへ続く飛石、その一つづきのしらべは優雅だが、底に心打つ一筋のはりつめたきびしさがある。

左手ににじり口。小間に入り、庭に目を移させない、人為の凝縮した場での、濃密な茶事の時間を経て広間に出ると、ここに別のひろがりがあった。庭を見ると、さきに路地で見上げた空が、更に大きく展《ひら》けた。

もし、玄関から寄付きを経て、屋内だけを通ってこの広間に来たら、この、崖際にせり出した庭の、視覚の展きは違ったものに感じたであろう。腰掛から路地、蹲踞と庭のはずれを通過し、小間での時間を経て、屈折して受ける感じとはまた別の、鮮やかなものがあるであろう。私はふと大和小泉の慈光院を思った。あの寺の入口の幾折れする道は、訪れる人を山かげに誘い込むような導き方で屋内に入れ、広間に出て急に一望に大和平野の展《ひろ》がりを見せる。あの間の截り方、借景という言葉は好きではないが、そういうものの中で慈光院の庭と、この庭は私の心の中で一瞬響きを交わすようであった。

斜めの流れ、右に松の木のひと木の強さ、左は秋くさのやさしさ、垣根のかかえる内懐、その外側のやや低い斜面に植えられた樹々の梢、その上にひろがる空。空の下というより空の中に入ったのである。

坐して障子のはめ込みを上げて見る時の、空を入れない庭のひきしまった重みと現実性が、障子を開き、空を入れ、十二尺を完全に開け放つにつれて庭が空に近づき、端近に見る庭の空は、空というよりも「空《くう》」に近い。

これは借景などというものではない。無辺の空を、借りるというような行為はせせこましい。庭の上の一片の空ではなく、無辺の中にひっそりと木と草の庭を置いたのである。寂しさをかたちにしたように。

右手の深い廂に、陰と一緒に現実は吸い込ませ、ふと天の光りの中に寂しい明るい庭を現前させる。床、月見台、丘と水、その烈しからぬ高低は、空の中でゆたかにひろがり、この位置、この高さの坐をここに定めた作者の、いみじきわざを思うことすら忘れる。ここが東京であることも。

光りや雨を垣内にとりあつめ、垣外の木は空の依代《よりしろ》、庭は空の中の一筵《むしろ》、月の夜は一本の松の枝だけが月に届き、萩やすすきの影が竹の床に乱れるであろう、「月の浮庭」……またしても物語りが頭をもたげそうになる。しかし、もしこの空を今、よたよたとヘリコプターが横切ったら私はそれを興ざめの現実などと言うまい。空は現実をも拒みはしない。崖下にはとめどのない東京の街があるのだ。ただ庭をつくった人は現実の次元をかえるてだてを持っていた。そしてそれを信じさせる力も。

やがて萩すすきは切株となり、汀の小松に風が過ぎ、月見台の端下をゆく水の淙淙《そうそう》の音も、冬のこの庭をこまやかに更に寂しくするであろう。秋くさの庭は冬に極まると言う人がある。

中

門松

お正月に、門松を立てることは戦後すたっていたが、此頃また多くなった。隣家は、日常ものどかな住みこなしの家で、お正月は毎年かならず門松が立つ。その瀟洒《しょうしゃ》な小ぶりの門松を見て、無精な私は、いいな、と思い、少しうらやましい。そしてつづいてきっと思い出すのは、遠い昔の、私の子供の頃の家の門松のことである。

郊外の住宅地で、お正月が近づくと、鳶職《とびしょく》の人がきて立てる門松は、お隣りもお向いも、だいたい似たようなかたちである。青竹三本の切り口を見せて、松の葉で囲い、新しい藁で束ねたものか、丈の高い一本の松と竹を、木に添えて立てるものか、どちらかに限られていた。

それが私の家だけはちがうのだ。父が自分でつくった変ったものだ。鳶職の人は、或る年父が断ってからは、心得ていて、小松を二本と、注連飾《しめかざ》りなどだけ届けて帰ってしまう。それに出入りの植木やさんが、寒竹を二本持ってくる。

父はその松と竹とを、それぞれ束ね、元に水をふくませた綿を入れて、紅白を重ねた日本紙で元をつつむ。水引きで結んで、小さい注連飾りを松にかける。その一対をそれぞれ門の二本の柱につけるだけである。

門は両開きの扉、柱の左右は斜めに道へひろがり、右側の袖に、くぐりの引戸がついていた。ふだんはあまり開けない両開きの扉を、内側に引いて、二つの柱の、子供の背丈ぐらいのところに、小さい門松はつけられるのだった。

父は、この自己流の門松が得意だったらしい。けれども子供の私は、お友達の家やお隣りが、みなおなじスタイルなのに、ウチだけが変っているのが何だかはづかしいような気がしていた。

小学校の六年生ぐらいの頃であったろうか、「どうしてウチはお隣りのように三本竹にしないの？　ヘンだわ、お友達よんでくるのがはづかしい……」と母に言った。父は当時、私にとってコワイひとだったから、何でも言える母に言ったのだ。

母はいつでも子供達の不平をきいて、どんなささいなことでも、ちゃんとこちらが納得いくような返事をしてくれるひとだったが、その時は、ただひとこと、「ヨソはヨソ、ウチはウチ」と言っただけであった。

そのひとことに、私はなにか打たれたのだ。それはふしぎに素直に、子供心に通ってくるひびきがあった。松をとる日、母はまたひとこと、「お母さんはね、この門松がだいすき」と言った。

今にして思えば、あの門松は清楚で、しゃれた意匠である。素木《しらき》の二本の太い柱につけられた、紙が巻いた松と竹の小枝が、道筋よりすこし奥まった空間に、ひっそりとあるのは、すくなくとも父ごのみの、閑雅なたたずまいであったにちがいない。

母は、父のディザインに敬意をいだいていたのだ。「ウチはウチ」という、母のすずしいことばには、深い信頼と愛情があって、子供の私の心にも、そのことばは確かに少しは作用はしたようだ。いまだに、お正月になると、かならず思い出すのだから。

蛇足「ヨソハヨソ」

街中や名所などで、修学旅行の列を見かける度に、いまだに「私は修学旅行というものをしたことがなかった」と思う。小学校、女学校を通して一度も行ったことはなかった。

父が出してくれなかった。小学校の時は「危険が多い」という理由、女学校では「女の子は他所で泊ることは相成らぬ」という偏見によるのである。教育方針などと呼べるものではない。

姉と同じ学校だったから、先生の方は心得ていて「お宅は私達教師を信用して下さらない」と皮肉をおっしゃる。その学校に娘を入れてはいても、全面的に預けない、ということには、教育方針の片鱗らしきものがなくもないかも知れないが、「女の子は……」というのには承服しがたかった。「みんな行くのに」と言えば、例の「ヨソはヨソ、ウチはウチ」が正確無比に返ってくる。

「今流行っている、革の手提げがほしい」「誰さん達が見に行くのだから私もタカラヅカを見たい」「雛段の飾り方がよそと違う、この段には……」皆まで言わせず「ヨソはヨソ……」である。何とも便利万能な家庭標語を案出したものである。

お蔭でこちらは何事もアキラメが肝心、ということを覚えたが、「自主」「選択」を希っていた、と思って上げたくもあるが、どうもそれは買いかぶりらしい。

私は大人になってからも、団体旅行なるものには、誘われても行かないし、行きたくないのは、それが馴れないこと、だからなのであろうか、海外へ出掛けるのも一人が多い。

宿屋に泊ることも余り好きではない。廊下などで、どてらを着た咥《くわ》え楊子《ようじ》の人などに出会うのは好まないし、昔は各室にお風呂がなく、大浴場へ行かねばならないことも嫌であった。

小さい時から訓練が出来ていないことによるのだと思うし、相互協調も不得手なのは、もともとの性格もあるが、「ヨソはヨソ……」の影響もかなりありそうに思う。

水墨の独り遊びを覚えたのも、その方のさずかりものだとすれば、それをなりわいにしているのだから、偏見標語も、まんざら取り得がなかったわけではなく、衣食住すべて流行に従わないので、半生まことに経済的でもあった。

（蛇足の蛇足だが、ヨーロッパへんの有名銘柄というものを、私は何一つ持たない。二つ三つ貰い物はあるが、私に似合うとは思えないので持ち歩いたりはしない。）

泉下の父はどう思うであろう、ホクソ笑んでいるとは思えない。何しろ私が仕事を持つことには賛成せず、自分流の型に嵌めて結婚させることばかり考えていた人だから「ヨソはヨソ……」の効果が、裏目に出た、と思っているにちがいない。

節分と豆

追儺《ついな》、おにやらいの豆撒きを、節分の夜にするのは、行事というものはいかにも時に適っている、と思わせる。

与謝野晶子の歌に「前なるは一生よりも長き冬何をしてまし恋のかたはら」というのがあるが、昔の冬は、実際の日にちよりも、長い重い冬ごもりであったにちがいない。明けても暮れても同じ顔をつき合わせ、言うことは言いつくし、言わなくてもいいことまでつい言ってしまい、囲っておいた食べ物も残り僅か、薪も柴もだんだん少なくなり、ああ、春が待ち遠しい、という思いの、登りつめるついの日が、立春であろう。

その日からは身も心も放たれる、節を分ける、という思いに、豆を撒くという気前のいいしぐさは、うってつけである。

それでお互い、家の中で顔付き合わせ、鬱屈して、心の鬼の一面も出しそうになっていたことをうまくかわす、鬼やらいというのは、そういうおのおのの、内なる鬼をやらうことが根にあるように思われる。

鬼は、外からその家をねらって攻撃してくるわけではなく、家の中の人の心に棲みつきそうになってきたので、豆と一緒にやらいおい出す、というわけで、節分は、人の外界とのたたかい、人同士のあいだ、個人の内向する心にも、ギリギリのところへきたものを、解放の喜びに切り替える表現のようにも思われ、その表現のしかたが、素朴で、威勢よく、少し滑稽で、また哀れもある。

昔の絵を見ても、鬼共は豆に打たれて頭をかかえ、ほうほうのていで逃げるだけで刃向かいもしないし、人のほうも取り抑えたりはしない。文字通りやらう、おっぱらえばいいのである。もともと我が心に巣食いそうになったものの化身だ、出て行ってもらえばよろしい。

このリクリエーションは、公害も出さず、その日の御馳走といっても鰯やお豆腐ぐらいでつつましい。

しかも、やってくる春、すべての希みのかけられている春へふくらむ思いで、心は満ちてくる。とげとげしいものは追いやり、皆の顔が「お多福」になってくる。

高山の「洲さ起」の節分のごちそうにも、まず、お多福豆の塩蒸しが出るが、献立はほかに貝や菜の花、蕗《ふき》のとう、芽葱、田作り、三つ葉など、山や川のほのかな春がただようようなものになっている。

高山では、お酒のあと年男は裃姿《かみしもすがた》で提灯を持ち、仮装した人達と行列をつくって、まだ雪のある街を豆を撒いてあるき、帰ってから魔除けの鰯、厄除け柊《ひいらぎ》、福茶を飲んで、さて、枡形の天地の折詰めをたずさえて帰る頃には、立春の朝になっている。

いろにでる墨

筆をとると、その瞬間に心は驅《か》られている。墨が私を驅るのである。ただでさえ落着きのない私が、驅られて筆を紙面に向けるとき、よく墨滴を落す。書き終って見ると、その一滴の落墨が最高のすみいろを示していることがある。

それは、私を驅り立てているものが、束の間に逃げる心をよぎったもののあらわれであることの証しのようである。

墨と私との間が、やりとりの声になるものであれば、テープにでもとって、ひとに聞いて貰えるであろうが、私の一方的な語りでは、墨というものは伝えがたい。墨のほうは「いろにでにけり」だけである。

何十年も付き合ってきたが、墨は日々新たであること。

日々驚き、日々の出遇いがあること。

手なずけたと思うと逃げられ、こちらは逃げ隠れ出来ないこと。
私も知らない私自身を垣間見せること。
私の卑しさを知らしめること。（秘めたい裏顔をあばく）
未知が無限であることを教えること。
少し思うように行った、と思う時は、きっとこちらが、その、思うようとい
う実体を忘れていた時であること。
従って、自分を変革出来るかも知れないと、出来る筈のないことを思わせる
こと。
その機の訪れは、心身が緊張している時でもなく、ボンヤリしている時でも
なく、そのあいだにあるような、時間外の時間らしいということ。
このようなことを、私は今まで何十回となく日記や原稿用紙に書き、またひ
とから問われる度に話して見たりしたが、何ほどのことが語れたとも思われな
い。ただ、墨は先のくだりに書いたように、それを扱う者のありようを、かけ
ねなしのところを、あますことなく示すものであることは、はっきりしてい

る。

書く前の構想とか意図は、水と墨の前にはいとも力がないのである。計算は知れたものである。ある人が、墨を無抵抗な素材、と言ったが、抵抗、無抵抗などという当方の意識と同じ次元に墨はいない。こちらの思うようにもならないが、思う以上のものをもたらせる時もある。

何かの手が、心が、私に添って書かせてくれた、と思う時がある。自分であって自分でないもの、こういうものに限りないいざないを覚える。すみいろは、何ものかの暗示を、遠くに見せる。

この世には無数の色彩がありながら、墨一つで世を渡ってしまおうというのは、私のものぐさもあるが、墨は十分に色あい豊かなのだ。心あればそこにあらゆる色も見得るのだから、そしてそれが具体的な色でないことが、ありがたいことに私を挫折、絶望させないのであろう。まだてだてはある、と思わせる誘いに満ちている。

時々小量の色を使うこともあるが、それも墨が緋よりも赤く、群青よりもあをいことを見得る心を確かめ、素《もと》の心に還す自然の作業のようなものであるらしい。

こころのすみいろ、ということはいくら書いても捉えにくいが、気候風土が
もたらすそれは、或程度は捉え得るもので、外国で暮した時、私の水墨は、私
の育った風土で一緒に育ったものということがはっきりわかり、これを失うこ
とは出来ないと思った。

空気があまり乾いている土地では、墨は息苦しそうなので、部屋に湯気を立
てたりして贋《にせ》の風土で墨をだましだまし書くことに馴れてきた三年目に日本に
帰り、丁度さみだれの頃から梅雨になり、私の水墨も息をついた感じがした記
憶がある。それから二十年、外国で発表はするが、仕事は日本でするようにし
ている。

外国での制作上の抵抗は、字義通りの抵抗で、濃墨が油絵具の黒と同じにな
ることを防ぐ努力は、空しい気がした。

いちじ日本のほうぼうに生えていたあの、たけだけしいセイタカアワダチソ

ウでも、いずれはほろび、すすきや松がそこに生えるという。

墨は、東洋の松の根を材料にしている。それを磨る硯は、端渓《たんけい》、歙州《きゅうしゅう》産の石、澄泥《ちょうでい》、日本の赤間、雨畑など、長い石探しの歴史がある。

墨童（墨を磨らせる児童）は十歳位の腕の力が強くもなく弱くもない子が無心に磨った墨色が良いとし、水は西湖《せいこ》の水、筆の穂は羊の宿毫（胎毛）、船に棲む鼠鬢《ソヒン》、筆の管は手の熱を散らす陶磁のやきもの、漆の塗り、金の蒔絵などなど。

こうなると少々イヤミだと思うし、書くほうを恥じ入らせるが、それも、「墨を以て玄門を得」と言われていることもあり、すみいろの深まりを求めるあまりに、物質としての墨への希いがさせることでもあろう。

「墨を以て玄門……」となると、またいかめしいことだが、墨を扱っている最中には、そんなだいそれたことは一向に気にならないが、すみいろの変幻がこうした言葉になったのであろうし、またふと、もしかすると墨こそ天地の真理、玄門をのぞかせるものかも、と思わせるふしも、私にさえないこともないのだから、古人が玄門に至った、或いは至り得るかも知れぬ、と思ったこともあり得ることのような気もする。

空の青さを、かぐろい青という表現する時、青の中に玄を思っているようでもある。

世々の墨人は、それぞれのすみ色を持って玄門のどのあたりまで近づいたのか。玄というすみいろは、心に思い見ることはできても、現実には見得ない色であるかも知れない。

それにしても、筆が紙に触れてつくるすみいろが、誤って落した一滴の墨の色に如かない、とは面目ないではありませんか、と落墨の匂い立つなかに、私は自問している。

それはもしや、墨を落す落着きない私が私の本領なので、前に書いたあの、時間外の時間の訪れというものが、それにちかいときなのかとも思う。

萠、兆

萠、兆《きざ》し、もゆ、めばえ、物ごとのはじまりそうな気配。

萠芽、萠兆、土を割って出る草の芽、新しい緑を立てる大樹の枝々の一せいにそろった芽ぶきを見るのは気持がいい。一年の月日と、自然のめぐみと、深いみずからの用意があって、発する時をあやまたず発するたしかさがある。

兆というのは、もののはじめ、めだしということのもう一息前のことである。何ものかのおとずれるきざし、満ちてくるもの、張ってくるもの。まえぶれ、力の動きがあって、まだかたちにならないもの。

季節の変り目や、人と話をしている時や、物ごと間合いに、また全く何ということもない時に、ふと、こころに兆すもの、微《かす》かに心をかすめるもの、打ってくるもの、よろこびやねがいやおそれをかかえ込んだいいしれぬときめきのようなものの、うごき。

　夜深く仕事部屋に座っていて、いつも見なれている墨絵を、急に墨のいろがにおうばかりに感じ、生きもののように思ったりする。そういう時はこちらの心に、その絵に響き合うものが崩して来ているのであろうか、いつか他所で宗達の黒い牛の絵を見て、すぐにどうしても書きたくなって家に帰って数本の線をかいた。その数本は手のようなかたちになった。黒い牛と手はどこでどのようにつながっているのか。宗達の真黒な牛と手の形はつながらないが、牛と手の文字は似ている、と他愛もないことを思う。

　心の中にあたためていたものが、何かに触れてある兆しとなり、それとは一見かかわりのないかたちが生れる。何の因があって、心のどこをどう通過して兆し、果となるのか、黒土のなかにあった種は、てんねんの時を違《たが》えずに芽ぶくが、人のこころに深く育っていたものは、待ちもうけている時にはなかなか出て来ない。また、きざしをつかんでもかならずよい形成を遂げるとはかぎらない。沃土《よくど》の草木でも芽出しは容易でないことであろう。私の硯の銘は「吾亦可耕」と彫られているが、耕は思い出したようにやっても何にもならない。思い付きや機知と、兆しは、内面の用意の深さ厚みがちがうようである。

文字のいちばん古いかたち、甲骨文、甲羅や骨に彫られた線、それはきざしそのもののようである。日や月、木や鳥、けだものの精霊が、むかしの人の心に宿り、それが黒ぐろとしたやわらかな古代人のこころのなかで、おそれやよろこびの種子となり、萌し出したものとも見える。不完全な道具で、骨や甲羅のような堅いものに彫りつけた一つ一つの線の、怪奇さや、おかしみ、たどたどしさの故にそのかたちは自然の息をしている。

その芽はやがて枝葉を茂らせて複雑な文字に育った。

すみとふみ

「水墨で、あんなにほんぽうなものを作るひとにしては、文章のほうは楷書体ですね」とある人が、こんどの本『墨いろ』を、そう言った。

文章のほうは、水墨の仕事よりは、まあ御行儀がいい、というほどのことでしょうか、そうではなく、一人の人間のすることにしては違いすぎる、ということなのか、文章も書も、言葉、記号、という、約束のなかでのことで、枠がしっかりしているので、勝手に文字を造ったり、言葉を拵《こしら》えたりはなかなか出来ない。だが抽象の仕事も、枠の中ではないにしても、それで、即ほんぽうに、とはまいらない。

外的な枠は外しても、まだ私自身が課す内側の制約のようなものがたくさんある。枠をはずすと同時にそれは明らかに強くなる。自我というものなのであろう。文字、記号、具象などの、他と共有しやすいものを失えば、作るものは、ただもう個人の責であるから、自由はひたすら重くなる。その重みは、創るということの実感に支えられてはいるので、とにかく引きずっていけるのである。が、道中はそうすがすがしいものではない。表現への関所は見える枠より固い。

「川」という字を書く、その時ふと天竜川が心に浮かぶとする。心に浮かぶことは、私のはいつも唐突である。そして信濃の山中から太平洋までのその道筋を思い見たりするのは好きなので、「川」の字の線を一里も二里も引けたらなあ、と思ったりするが、文字の約束は厳然たるものだから、適当の長さにしておかなければならない。でもまだ天竜川は心の中に流れている。その「流れて熄《や》まぬもの」を、書ではムリがあるようだから何か別のものに、というのが私の水墨のはじまりだった。水墨で抽象で、そこでほんぽうに、と、御見物は期待するかもしれないが、まずおおかた外れである。

水、流れる、想いばかり漲り、あふれ、たゆたい、湧き、注ぎはするが、空《くう》を独り歩きする筆はおぼつかなく、いつも想いには遠く及ばず、あれをとどめることになる。タテ三本の枠の中で安心して書を書くほうが、むしろほんぽうかもしれない。

昔から、言葉につくせぬもの、という言葉があるが、そういうものを、私は墨に託したいと思ってきた。その、言葉につくせぬ、というまでには余程言葉とつき合い、探り、苦しんできた揚句のことでなければならないから、私も楷書体ばかりではいけないと思うが、さらさらと狂草の文体などは、望むべくもない。

文章を書いていると、時々、心の中に点《とも》っては消える火が見えるが、あれは仕事をしている最中に、墨が呼吸をしている、と感じる時と似ている。と、こう書いては見るものの、こういう感覚的なことを、言葉につくし得るとは思われない。だから墨と、墨へのいざないを深めるために、時々文章を書くのかもしれない。

火が点いたり消えたり、墨が息づくのを感じるのは一瞬の間で、「しばらく」と声をかける間もなく消えるから、次のおとずれを待って墨を磨る、その時間はまた無性に長い。文章を書く時間も、物理的な時間より大へん長く思われる。自我がふくらんでいく証拠かと、だがそれだけ、言葉につくせぬものも襞《ひだ》を深めるのだと思い、枠のうちそとを、うろうろと手探りの往き来、ほんぽうも楷書体もないのである。

うろうろしながらも私は身の程知らずなので、水墨の筆をとれば、走筆たちまち雲を呼んで、天外に通う線を書きたいし、文章のほうは、あの牧谿《もっけい》の柿の図の余白のような、匂い立つものを、行間に籠《こ》めたいなどと、途方もなくだいそれた、虫のいいことばかり考えている。

四角いメロン

この頃、人からの頂き物が、だんだん立派というのか、ぜいたくになったというのか、何だかこれでもか、これでもかと言った工合《ぐあい》になってきたように思う。

私が頂く場合は、まったくワイロ的な要素はないから、ただ有難く受けるのであるが、ときどき、あまりにも凝《こ》った物をもらうと、それが私にはどうしてもわるく凝ったとしか思われないような物だと、ひとの好意ということも、本来のかたちからそれてゆくのではないかと思われてくる。

四角い林檎《りんご》とか「寿」という字が、メロンのひびで読めるようになっているものを頂いたし、またメロンにも、また四角い型に嵌《は》めて作った物もあるとか、私はまだお目にかかったことはないが、話に聞いただけでも、へきえきする。

本来丸い果物を、なぜ四角にしなければならないのかわからない。

未熟のうちにキズをつけて、文字を読ませようとしたり、テープを貼って色づかないようにして、模様を描き出したりした果物などもある。

四角い竹の柱などは、昔からあったが、たべものとなると、いっそうグロテスクな感じがする。まことにぞっとする物をもらう世の中になった。珍しいものを上げたい、という気持ちが、ただ珍しければ何でもいい、ということになってしまうのであろうか。

意表を衝《つ》く、ということは、人生を退屈にしないためには、いいことだと思うが、あまりにも不自然な、てだてが見え透くようなのは、意表の衝かれ方の後味がわるい。ギャグはユーモアが含まれていて、さらりとしたのがよろしいように思う。

資源の少ない日本では、有る物を、精一杯形を変え、思いを凝らし、他に抜きん出るほかはないので工夫も極端になるのは当然、と言う人がいる。それはそうかも知れない。それが付加価値というものだそうであるが、付加、まではわかるが、価値、がわからない。むしろ付加したために価値が落ちることもある。

ないほうがいい模様をつけた器具や、よけいな飾りのひらひらする衣服や持ち物が、あまりにも目について、うるさい感じである。それらを包むものも、よく言われるように過剰で、小さな住居空間は、いつも捨てる物でいっぱいになる。生きている花に、化学繊維のリボンを大きな花結びにして添える意匠も、私には、どうしてもわからない。

すぐ捨てられてしまうものや、一度びっくりすればあとは何も残らないうたかたのようなものがはやっているので、めまぐるしい。それが、物を大切にする気持ちをなくするとも言われる。

付加の方角がちゃんとしたのは、磨きぬいた小さな木片一つでも、座右に置いて紙を切る道具にしたいようなものになり、材料を吟味し、手抜きのない味つけのたべものには、身も心もしんじつ養われる。

家なども、拭いたり磨いたりの手入れの不要な方向に建材も設計もむいて行って、建てた時からだんだん価値が付加するようにはならなくなったのは、文化なのか非文化なのか、空間が、人間の愛着の表現も、心の陰影も止めない殺風景になってきたことは否めない。

それでは、こんどは「手作りの味」などと言われると、たちまちまたそれが売り物になり、いや味が伴うのだから、物の扱いはむずかしい。

四角い果物もやはり手作りには違いないので、作るほうは得意なのかもしれないが、自然の手をかりなければ出来ないものを、自然のかたちを曲げすぎるのは、見て痛みを感じさせられる。

こういうことは、美とか真実とか大上段の問題になるより先に、まず神経の段階で、受け入れられるかどうかにある。面白い、と言う人があるから作られるのか、嫌悪を感ずる人は少ないのか。私などは拒絶したいほうだが、それは少数意見にすぎないのか、ときどき考えこんだりする。

先日、食事に招かれたある所で、鉢植えの茄子《なす》が食卓に置かれた。小さい実が垂れていて、その実がビニールの中の糠味噌《ぬかみそ》で包まれて、紐でくくられていた。その茎をお客の目の前で切り、調理場に持って入り、洗って食卓の皿に供せられたが、まだ木にありながら、糠味噌に漬けられたうら若い茄子の実を、私は、食べる気にはなれなかった。

相客のおおかたは、そのもてなしを讃めたたえたが、それもお世辞なのだと私は思いたいが……。

けはひ

昨夜、門を閉めに行こうとして、玄関の戸を開けたとき、ふと何か匂うように思った。やわらかいけはひが、立ちこめているのに気づいた。

門までのたたきが濡れている。室内までは音のとどかない雨が降っていたのだ。そして雨はもうやんでいた。ほのかな匂いともない匂いは、霧のようにこまかい雨を吸った樹木が、闇にこめたものだったのだ。

冬の夜の雨のあとが、こんなけはひをもつことを、今まで知らなかった。樹の枝や葉が、雨をじっとたもちもって、時間が止まっているような闇にこもるけはひを、教えてもらうことも、書かれたものを読んだりしたこともなかった。

日本の風土と季節のこまやかなかかわりぐあいは、どのように書かれ、語られても、また精密なレンズを当てて見ても、見えないようなキメのこまかさを、かかえ込んでいるらしい。

霧と雨とのあいだのようなものが、或る時間静かに注がれて、樹の幹や葉が濡れわたり、風もなく、時をそのまま、凝縮し、露をこぼすまでにも至っていない空間がもっているけはひ、などといって見ても、その夜の、門と玄関の間の、小さな闇にこもったものの、えもいわれぬけはひは、お読みになっているどなたの身辺にも、とどきはしない。

しかし、私はふと、墨がこんなふうなけはひをもつことがある、と思った。すみいろが、じっと、何かに堪えているようなけはひのときである。

水と墨のなじみぐあい、筆を通しての動きのかげん、紙との触れ合い方、ひとの手のなかから、なにかが繰り出されて、墨に乗り、一つの空間が生まれる。すみいろが生気を帯びて、紙面にただよい、紙背に透るようなときに、この、夜の闇のけはひは似ている。

すみいろが、そういうものをもつときは、私の内がわに、ものを創りたい心が満ちているときなのであろうか、水を得て、墨の潑《はっ》するものが、樹々の葉や幹が、こまかい雨をふくんで、香りをこめたようなけはひをただよわしているのと、よく似ている。

にんげんに及ぼすことも、空気や植物に及ぼすことも、てんねんの手のうちの、出どころは同じなのではないかしら、と思う。ただ、にんげんは、天のおしめりを待ってばかりはいられないから、こころに、おしめりを持たなければならない。そして時には、おしめりではすまない、激しい雷雨のような情に灼《や》かれたりもする。

そういう時、自然の潑墨《はつぼく》にまかすことができないのが私の困ったところで、それを超えようとする墨の性格を引き出したいと意地を張る。押し流すように湧き出るものを、そのまま潑墨に託すことは、むしろやさしい。

おしめりのようなやさしさは、おのずからの流露の限界でもある。烈しいものを、おのずからにして、粗くならないようにするてだてがむつかしい。

すみいろには無数の段階があり、かたちづくる心が、濃淡や、線や空間の質となって作られるが、墨痕《ぼっこん》という古いことばが示すように、日々の心のありかたが、そこに跡づけられているのを見て、自分で自分に突き当ることが多い。

私はこの頃、すみいろの、匂い立つもののあらわなものより、おさえられたなかに、なお失われないけはひのあるものに惹かれる。おさえてすみいろを失わない力がほしい。書は、もともとある約束のかたちを書くのだが、かたちを生む墨象のしごとでは、ことに、おさえがむつかしいことを思う。

夜の闇を、こまかい音のない雨と、樹と季節との、微妙とも何とも言いようのないほどの、かかわり合い方が、墨とのあいだに出来たら、そういう、匂いまでにならない、けはひというもののかたちをも、かたちづけることが出来るのかもしれない。

墨跡と私とのあいだ

佛法に、身心をゆだねるまでに至ったひとは、心と、挙措動作が背離することがない、ということを聞いた。そういう人の書くものは、同じ筆墨のわざでも私の作るものなどとは全く別のもの、と思っている。

彼は、耿々《こうこう》秋月の心の在り処《か》揺るぎなく、我が如き筆をとれば心いたずらに逸《はや》り、措《お》けば失望、二度三度、賭けては烏塗《うぬり》の反古《ほご》、という騒がしいこととはぜんぜん別の宇、別の宙に、別の墨の香立つ世界、と私は認識している。

それが先日、招かれた茶室の茶の間にかかる墨跡を見て、ふとたいそう親しいものに出遇ったような気がした。ふしぎなことだと思う。

肉太で勢のいい書、丸々ところがるような字の、まるで子供が描く輪のような曲線が、所々に配置されている一行物が、掛っている空間に私が居る、ということが、何の違和も、おかしさもないということがふしぎである。

観念としては、別の世のことのように思っていたものが、このように身近く、心の中にも何でもなく這入ってくる、ふしぎというほかはないのである。

そこで、茶室に坐っている私は、今、平常心なのか、あるいは特殊の精神の状態にあるのかと考える。

この庵のあるじは、当代一流の数奇者《すきしゃ》と言われているが、茶人茶人した風は全くなく、今まで何度となく招かれているが、作法知らずの私を困らせるようなことは一度もなかったから、そのおひとが掲げるもの、という安心が当方にあることはあるので、平常心にちかいかも知れない。

私は、いい客ぶり、などはとても任ではなく、あるじ、相客に任せきった怠惰なお客だから、緊張の餘り、床の墨跡もろくに眼に入らない、というのでもない。静かに眺めているのである。

これはめったにない、至福の時間というものかも知れない。

茶室の淡い暗さと一幅の墨跡が、私に平常心をもたらしてくれているのだとしたら、日頃の私の心を掩っている、表現とか創るとかいうあけくれの思いは、あれは平常心ではなかったのか。

私の、つくる、という思いは愚かな迷い多いものでも、それが私の平常の心と思い、その心は愚かな迷い心で、その向う側にあるのが正覚を得たひとの墨跡というもの、という観念の図式は、誤りであったのかと思われてくる。茶室に坐っている平静な今の心、これが平常心とすれば、表現とか何とかとりつかれている、私の持つ多くの時間は、あれは何なのか。

同じ筆墨でつくる仕事を、彼、我の図式で分けないと困るようなものが私の中に屯していているのだとすると、その、困る、というのは、おそらく迷いの夢が醒めないようにという、醒めれば空、一切は迷いの中にこそ、とまだそういうわけのわからないものの中に居たいという、或る、よこしまか、妄か狂かの心がさせるしわざであろうか。

今得ている、このしばらくは保てそうな心の在りようは、恒《つね》の私に較べて少しは高貴なのか鷹揚なのか、いつもは他をよせつけない心が、今は誰が立ち入って来ても構わないような筵《むしろ》を拡げている。

つねづねまがりなりにも、ものをつくることにたずさわり、それを生きるてだてとし、なりわいともしているものが、おなじ筆墨によって、全く別の世の時間を持てることのふしぎ、私にとって今墨跡とは、その時間のあるじ、至上の司祭となっている。私を緊張させず、畏れおののかせない、おおらかな、のどかな目、慈眼というのであろうか、その目の片隅に居て安心である。

このような心の在り方と、いつもの表現とか構成とかこうるさいことにかかずらう心と、どっちが上等の心か、私は今すぐ決めたくはない。

迷う時は一所懸命迷いにかかずらっているのである。こうるさくても人なればこそ、この世に住めばこそ、世の外の声のいざないも聴けるのである。そうして、もしかしたら、その天外の声を聴きつける心は、今こうして坐っている時間に培われ、養われふくらんでいっているかもしれない。

目前の一行の墨跡は、かたちを変じて、ある時私のおぼつかない墨に宿らないとは限らない。私は次元の高い酵母を得ているのかもしれない。今私は少しもつっぱっていないから、心は柔かく耕され、この古い墨痕からの移入を俟《ま》っているようでもある。むさぼらなくてもおのずから染み、泌《にじ》むのをまてばいい。

水墨という道具は、個人の意志というものを上廻る何かが乗り移って、引き廻すところのあるものだから、もっと楽天的になる方がいいのかもしれない。墨は精霊のやどるところ、と古い本にも書いてあった。

こう他力本願が、頭をもたげてくるのは、そろそろ坐り疲れて、私も棲み馴れた迷いの日の時間に帰りはじめたのであろうか。

お客になっているということは、多少の外的制約の中に、身を置くことである。そして自分の時間に、自分の仕事をしていることは、全くの自由のようであるが、その為に却って内的な自我の制約を、自分自身に課すことになる。

この、墨跡がかかっている空間での外的な制約は、大らかな庇護であり、茶室は又、囲みという言い方を持つ、しつらえた空間であることだし、自我を頼りにすることもない。

言わばこれは借りられている私、庇護されて安らかだが、どこかでここに私は住みつける筈はない、とも思っている。そう時間である。

ここに、ごった煮の創始者と言われる、兀庵《ごつあん》の書と一緒にいる、ということは、人というふしぎのものに生れ来て、ふしぎなたべもの、ふしぎな空間、ふしぎな墨のかたち、などを作るものだと、このふしぎと言えばふしぎのことが、また至極当り前のことばかりなのが、新鮮に思われてくる。制約というものの、内でも外でもないところに、普遍ということを、少しばかり見たのであろうか、普遍ということは、もしかしたら、この外と内の制約の間に、その緒《いとぐち》があるような気がしてくる。

借りられた時間のやすらかさと、迷いの日の不安とのあいだに、普遍を見る、といってしまえば、これも図式的であるが、さだかでないそういう間合いというところにこそ、ものの緒があるのは確かのようで、今までにもそういう、何處からともなく訪れてくる時間に、つくるものの根が培われていることを感じることが多かった。

何処からともなく、という、その何処《どこ》の本体は、天地自然のもろもろのこと、人の生、死、非常に魅力的な人物に会うこと、などなどであるらしいが、今その何処は、茶室の墨跡で、私の心に落した古い墨痕は、普遍である、ということの上で、更に私の迷い、私の個の迷妄にもつながるのである。

墨跡は、それを書いたひとが創った内的な宇宙の表象だから、私がそこに見得るもの、感じ得るものは、その宇宙の、ほんの入口かあるいは外側ぐらいであるかもしれない。

墨跡は、現実を超えたものか、または超えようとする心の痕か、あるいは、超えたと思った機のかたちか、つまりそこには迷いがまだあるのか、それがあったとしてももう昇華されたかたちになっているのか、きっとそういうすべての抽象であろう。それは不条理も矛盾もひっくるめた書体となっていて、私を安堵させる。

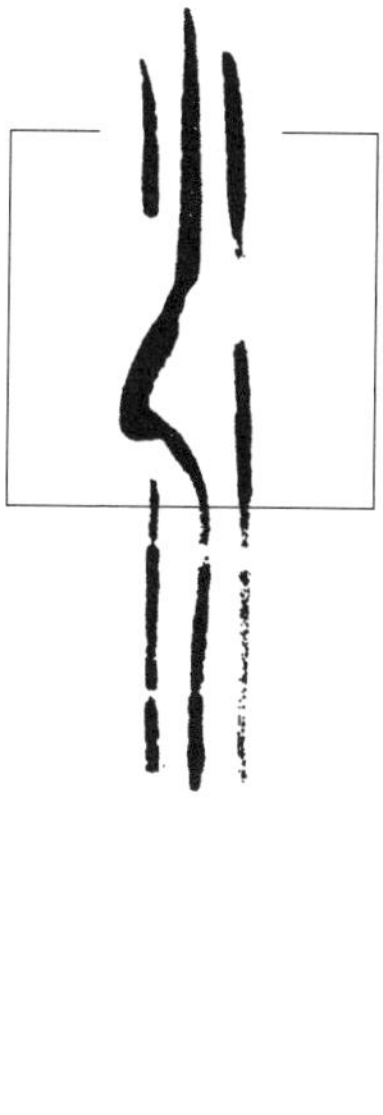

水・木・土・火

日月火水木金土の中では、日、月は手がとどかず、金はあまり縁がないようで、火と水、木と土はしたしく手がけることが出来る。

建築に協力する仕事を、時々しているので、紙や布に墨で書くだけでなく、陶板や木によるものを作る場合もある。それは自分の中にあって、自分も知らなかったものが、新しい材料を手がけることで、思いがけないかたちで、出て来ることもあるたのしい、またこわいしごとである。

墨と水は、ごく敏感な材料だから、こちらの心を、あますところなく、うつし出すものだ。無抵抗といってしまえば、たしかにそうだが、それはこちらの思い通りになるのとはちがう。むしろ思い通りにはいかない。こう書きたい、という造型心があるとする。そういうものを水墨は裏切る。そして、そういう内面を見透したかたちをうつす。抵抗よりもこれはおそろしい。書が、心線とか、精神の軌跡といわれているのは、水墨という材料によったことにもかかわっている。逃げかくれのきかない相手によって、心を磨くてだてとしたのだ。

そういう水墨は、心のうちにきざした、まだかたちにならないものを、時間をかけてかたちづくること、あるいは隠れているものを叩いて引き出すような現わし方に適さない。きざしたものは、そのきざしそのものをうつすのだ。

木や土は、それぞれすでに、形あるものだから、そこに自分を打ちつけ、かえってくるものを見付けることになる。木や土という媒体の抵抗が、こちらに、時間の持続に堪えることを強いるのは、現実的で、新しい自分のかたちを、ひらくこともあるかも知れない。

水墨の、完全な無抵抗が、こちらの意識や挑む心をおさえ、吾れ我れを忘る、というような瞬間の到来にみちびき、その、こちら側も、水墨もなくなった瞬間に、一切を賭ける、そのような、いって見れば瞬間把握のあり方が、そのうしろでは、時間の持続に堪えることとの、裏打ちをさせようとしていたことを覚えるのも、木や土との試みが教えてくれた。

土や木は手応えがはっきりしているから、水墨ほど見当外れの方へ行ってしまうことは少ないが、陶板を造った時、土を火で焼くとこんなにも違うものかと思うほど変る。自分のものに外の力を通すことは、また別の角度から自分を見られる。

土を焼く火と、作者の間ということは、私にはまだわからない。

岐阜の水

岐阜については、私は、ほとんど何も知っていないといっていい。大連で生まれ、東京で育った私は、岐阜で暮したことはないのだ。

父がよく話していた、家の山の松茸《まつたけ》は、少しも虫がつかず、雪のように白く、それを山で枯れ木を焚いて焼いて食べるおいしさなど、一度もけいけんさせて貰ったことがない。しかし、そこには、元和初年からの代々の父祖、父、母、兄、姉までの墓がある、ということは、一年半ばかりその空気を吸っただけで何一つ覚えていない大連より、私にとって、ゆかりの深い土地なのだと思う。

折りに触れて、父の生家へ行ったり、そのあたりに多く住む、縁辺のひとびとと会うのは、やはりただ旅びととしてではないし、私の家というものは、今は岐阜にはないが、いつでも帰って行ってもかまわないところというような気持ちは、自然に持っている。そういう所は、日本中どこにもない。やはり、ふるさとというものなのであろう。

飛驒の叔母の家に行ったとき、井戸端や萩の咲いている壺庭の風情に、同行の別の叔母が「ああ、あんたんとこはいいねえ。在所へ帰ったようだ」と言った。私はざいしょ、と口の中で言い、ふるさとのうわ手がある、と思った。私には「ざいしょ」という言葉を、しんじつに使う折はない。

私は、美濃という古い岐阜の地名が好きだ。もう前にも書いたことだが、美しく濃い、という字が、私にすぐ墨を連想させる。毎日使っている墨、何十年つき合い続けて来た、濃い、うつくしいくろの色を持つ墨、美濃という名は、その、いちばん身近なものを、あらためて私に思い見させるのだ。

その墨のしごとも、はじめは父から教えられたことだ。

今は岐阜市になったが、芥見という村の庄屋の長男に生まれた父は、私のような、当り前の結婚もしない娘を持ったのは、生涯の不作というような様子とを、一生私にし続けたひとだ。何かいいことをしても賞《ほ》めてくれたりしたことは一度としてない。そのくせ自分のさせたいことは、まんまと私におしつけた。私に墨を染め付けしたのは父にほかならないから、私にとって、美濃は墨のふるさとでもあるのだ。

戦前のあるひと夏を、前に書いた飛驒の叔母の家で過ごした時、まだダムなども造られていなかった益田川《ましたがわ》の烈しい流れを遡《さかのぼ》る鮎の群れを見たことがある。墨を磨るとき、今でも私はふと、あの清冽な水を思い出すことがある。東京の水道の、くすり臭い水で墨を磨るのは、かなしいことである。父から貰った古い硯を使うときなど、硯が美濃の水を求めているのではないかと、私はふと思ったりするのだ。

それにつけても、岐阜への思いは、水につながることが多い。あのあまりにも有名な鵜飼については、いまさらという気持ちもなくはないが、やはりあの、火の舟を見るそぞろな気持ちは、ほかの何によっても得られない。

深い蒼に昏れる夜空と川、黒々とした金華山と石の白い河原、遠いかみから下ってくるかがり火の舟を待つときの心のときめき、あのような水と火の、時間と色彩のとり合わせを、私はほかに知らない。

川を舞台にした行事はいろいろあるが、長良川の鵜飼は、火と水の織り込みのこまやかさにかぶさるような黒い山と石の白い河原が、幽暗の中の火をことに深めているように思う。

花火の消える瞬間や、灯籠流しのはかなさもうつくしいが、鵜飼は、魚獲という原始的な現実の生産のかたちを持っているからであろうか、水に散る火は、ひとの思いの色を明滅し、生のせつなのようにかがやく。海のないくにの川が、水をなつかしむひとの心をつかんで、うつくしいかたちを生んできたように思われる。

昨年の冬、この川の雪見船の客になりそこねたのは、今もって残念である。どうしても時間の繰り合わせがつかなかったが、その日は丁度雪になったそうである。東京でつまらぬ用事にかかずらいながら、舟中の茶会の風情が思い遣られた。心惜しく、雪の流れの中の、炉の火の色を思っていた。

長良の上流に、父の生家がある。今から八十年も前の秋、叔母のひとりは、そこから飛騨の下呂へかたづいた。川ぞいの小径《こみち》を、人力車で、何日もかかって行ったという。今でも中山七里の紅葉は、火のように赤い。その頃はもっと、奥山の山気は清く、山の木々は燃えるようなくれないを、深い渓水にこぼしたことであろう。

父が、すぐ下の妹である花嫁につき添って行った思い出ばなしは、少女の頃の私の心に、物語りの絵巻物のように、残っている。山と渓《たに》のあいだの小径をゆく人力車や、馬の曳《ひ》く荷車の一行、日が暮れると、提灯の行列になる道行きの絵が、高山線に乗るたびに、あざやかな色で心によみがえってくる。

叔母の家で、その甥に当るひとの夫人に会ったことがある。私が女学生であった頃、そのひとはもう未亡人であった。四十を過ぎたそのひとの、あまりのうつくしさに、郡上八幡というその夫人の実家のある土地に、あこがれに似た気持を持ったことを覚えている。

こんなうつくしいひとが育つところは、きっと、水のきれいな村にちがいない、と何となしに思っていたのだが、一昨年機会があって郡上八幡を訪れ、そこが昔から心に描いていたのにそっくりのところだったのは、不思議な気がしたくらいである。

私の想像のなかでなくてはならない清流の川と、古いお城を抱いた山里であった。夏で、色とりどりの水着をきた子供たちが川で遊んでいた。私達はほとりの家で、おいしい鮎を食べた。

盆踊りはその日はなかったが、広場や、踊りの音頭をとる櫓《やぐら》を見ると、聞き覚えた唄が自然に声になって出るのだった。

郡上で織れる紬は、私はよく着ている。母のかたみのものもある。何十年も保ついい織物なのだ。あのきれいなひとも、娘の頃、染め糸を川でさらし、踊りの音頭を口ずさみながら、はたを織ったりしたことがあるのだろうか。

〽郡上の殿さまじまんのものは
金の弩俵に七家老

郡上音頭に出てくる七家老の一人が、彼女の父上であった。

それにしても、叔母、その甥の夫人、二人が飛騨にかたづいたのは、それぞれ十四歳、十五歳の年であったそうだ。二人とも旦那さまになるひとに会うのは、かたづくその日が初めて、ということであった。叔母のほうは、それでもともかく、結婚するということは承知していたのだが、郡上からの花嫁のほうは、その日いい物を買って貰うために、すこし遠方へ遊びにいくのだ、と言われて、生まれた家を出たそうである。

雪の上にオガ屑が敷きつめられ、自分の車のあとさきに、たくさんの人が付添っていくのに、ただ遊びにいく、と思っていたようなひとだから、そして早く未亡人になってしまったひとだから、あんなに、私にうつくしく見えたのだろうか。

そのひとはまだ健在である。人の一生のあいだには、世の中というものはずいぶん変わるものだと思う。

飛騨で彼女が生んだ娘さんと、私はいまもつき合いがあり、その夫人の住む高山に、ときどき出かけて行く。

高山の水もきれいだ。

あの優雅な高山祭りも、各町々から集まった山車《だし》やほこが、夕方引き別れとなって、それぞれの行列が、宮川べりの柳の木陰から、橋を渡って、別れ散っていくときが、いちばんうつくしい。遠くで見ていると、蒔絵のある車の輪の、ゆるやかな動きが、流れにゆらゆらと揺れて映る。

高山の、大新町の、日下部家、吉島家、この二邸のうしろを、宮川は静かに流れている。日下部邸の南側を、更に江名子川が流れて、この二家のある一画の風情を支えているようである。

ある夏私は、川の向岸の旅館から、この二家のうしろ姿を眺めたが、二つの川と、そこにかかる橋とが、この二邸のたたずまいを、優しくなつかしいものにしているのを、知った。土蔵や、大きな家と、流れる水の階調は、いかにも山の中の、古い町のものであった。

お祭りも、この二邸のよろしさも、宮川の水があって、完成している。

吉島家の杜氏部屋《とじべや》とよばれる、奥二階の小さい暗い部屋で、宮川の水音を聞

きながら、ひと夏ぐらい暮してみたいという、ひそかなねがいを、私は前から
もっている。

強清水《こわしみず》　忍野《おしの》(好きな地名を問われて)

会津の磐梯山の麓に疎開していた頃、近くに強清水という所があって、いい名だと思った。あのへんの人は、こわすみじと、じとずの間の発音で、私はそれを聞くとふしぎにその音に清水の湧く感じを感じたものである。

清い上に「強《こわ》」をつけたところは、大した表現力で、東京の水が薬嗅いので、此頃この名がことになつかしい。

忍野村。富士山麓、山梨県南都留郡。

貴種流離譚のあるこの村は、しのび野、しのぶ野とも読めそうだが、おしの、という音がいっそうかくれ里らしい。

この村から見る富士の姿のよさは、昔から言い伝えられていて、ここに、ひっそりと住んだ人のあわれを、更に深くする。雪が富士からだんだん降りてきて、村も雪に埋まるといっそう忍野らしくなる。

雪

東京の、この冬二度目の雪は、大雪になった。

今朝、雨戸を開けた時、外の白さが寝ざめの目を射すようだった。きれいだ。中国の古い煮錘箋《しゃすいせん》という紙の、キメこまかい白さに似た、降りたての雪の白さ。

お正月に見た富士山の雪、凍ったすごい白だったが、都会の、どんな陋巷《ろうこう》にも、舞い込んでくる、こういう雪は、情の厚いこまやかな白で、何だか勿体ないようである。

見るうちに、葉のある木々は、すっかりしなって伏し、今にも折れそうになっている。

私は身支度をして庭に出た。

一本一本ゆさぶると、うずくまっていた身を、背伸びをするように、木は起き返るが、なかなか元どおりには戻らない。雪の重みに、少しずつたわめられたたわみは、春先の木がしなやかなだけに深いのだ。

丈高い夾竹桃《きょうちくとう》の枝をつかんで振ると、降りしきる雪よりももっと細かいサラサラの粉が、顔一面に振りかかる。爽快である。私はおもしろがって、夾竹桃の枝をつぎつぎにゆすって思い切り冷たい粉を浴びる。

手あたり次第に木をゆすると、茂みのなかから真紅な青木の実が、いくつもいくつも現れたり、ふだんは埃っぽい葉も、ほんらいの色をとり戻してつやつやした緑がきれいである。

ひばの葉の雪は、霧吹きで吹き込んだように細かい。濃墨の〝かすれ〟を重ねたら、こんなふうに描けるかもしれない。雪は、それぞれの木に、それぞれ似合うように降っている。

歩き回ると、キュッ、キュッとかすかな音のする今日の粉雪、こんな雪は何年も東京にはなかったのだ。

しかし、夕方ニュースで、全国的な大雪で、事故もあちらこちらにかなり起きており、被害も多いことを聞いて、驚いた。

今まで、少女のようにはしゃいでいたことが、申しわけない気がする。恐ろしい雪を、ただ珍しがっているのは、無知蒙昧のそしりを免れない。

美しい雪も、人を狎れさせはしないのだ。人をわらべごころにさせながら、覗くことを許さない深淵を用意しているのか。謡曲ののどかな前段の木樵《きこり》が、後段は人命を奪う鬼神に変るあれなのだ。

天も人も、愛憎二面のお面をかけかえる。

今、私は、一曲は墨、一曲は朱の一双の屛風をかきかけているが、こういう形式が昔からあるのは、もののふたおもてを、同時に見ようとすることのあらわれであろうか。

夜が更けて風の音がする。雪はやんだようだ。

江戸前

ニューヨークのお豆腐はたいへんおいしい。いかにも逆説めいているが、ほんとのはなしである。すくなくとも、東京へんのお豆腐よりはずっとおいしい。ニューヨークにある期間住んだひとは、きっと知っていると思う。

一九五六年に、はじめてそこに住んで、下街の日本食料品店から買ったお豆腐を煮て食べた時、母の味がしたのだ。私などが、まだほんとに幼かったころ、母が作ってくれたお豆腐のおかずの味を思い出して涙ぐんでしまった。大正の終わり、昭和のはじめごろは、東京のお豆腐もこんなコクのある味だったのだ。

明治のころ、かの地へ渡った日本人は、母国のものを大切に保っているようだ。外来?の影響が少なく、かえって純粋に保たれ、続けられているのだ。

ちかごろはいろいろのものが、不味くなってきた。さんま、いわしのたぐいが殊にいちじるしい。今ごろは、以前ならひこいわし（江戸っ子はしこいわし）という小さいのを売りに来る。丸のまま、大根の千六本と一緒に汁に煮て、橙《だいだい》の酢をたらしてたべる時期なのだ。あのあたたまり方は、ほのぼのとしたものだった。今はひこいわしは全く姿を見せなくなった。

お料理術は大そう発達し、和、洋、中華ととりどり、調味料もかずかずある。それで埋め合わせがついているのであろうか、どうも何となくその埋め合わせ方にインチキなすりかえがあるような気がする。

三百年もの伝統ある江戸料理の家を継いだ人を知っているが、その人の代になって戦後、店を閉めてしまった。理由は、江戸前のさかなが獲れなくなったこと、ひとことである。「隅田川の白魚が黒ずんでしまってはねえ……」とその人は言った。

江戸っ子としては、さもありなんと思うが、それにしてもアッサリしすぎている。何とかたびものの魚でも、江戸風の調理法を生かしてやれないものだろうか……。私などは思い切りが悪いほうだから、惜しがりさびしがるが、その人にとっては、材料あっての調理なのだろう。調理のために、材料を探すのではなくて、材料が調理法を生んだのだ。江戸料理というものは、もともとそういう素姓のものらしい。江戸の前の海で獲った魚の、生きのよさを第一としたにちがいない。材料への愛情が店をやめさせたのだ。川水を汚す文明はまずかったと気が付いたら、またキレイな水に戻す文明がなければ。それでももともと。若し白魚が帰って来たらまた歯切れのいい、気取らない東京料理が食べられるかな、生きてるうちに。

雨のたもと

少しの雨ならば、濡れて歩くのが好きなので、すぐ、きものを縮ませてしまったりする。

本降りの中を、蛇の目傘の雨音を聞きながら歩くのは、もっと好きだ。でもこの頃は、雨をたのしんであるけるような道がない。くるまのハネから、きものを守るくらい、はらだたしいことはない。

雨の多い日本では、雨が草木に灌《そそ》ぐ、そのように、ひとのこころにも灌ぎ、流れ、しっとりしたものを、育ててきたように思う。

鈴木春信の画いた、春雨のけはいに傘をかざす、よりそった二人の女の絵のことから、傘をかざす女の絵は西洋にあるだろうかと、故清水一氏は、随筆に書いていられるが、日本では、昔から絵や歌にも、雨に寄せるものが多い。

広重の五十三次の中でも、〝庄野の雨〟などは、見ているこちらにまで降りかかって濡れそぼるような雨で、画中の旅人も、難儀そうでいて、また何となく、心を弾ませているようにも見える。打たれているのが羨ましいくらい雨がうつくしい。あの斜めの線のすずしさ、雨の線をかかせては、おそらく日本人はいちばん巧いのではないかと思う。

実際には、いやな雨だってある。じめじめ、また、さむざむ、雨中を行き悩むことは、誰も覚えがあるが、それで、雨を汚く見くだしたりはしないのだ。日本の季節のうつろいを、底深いものにしているのにも雨が一役も二役もかっていて、季節の匂いと一緒にひとの心にも浸み透っている。

それだから、傘の模様、雨の柄を染めて着たりもする。

雨をまとう、というおもいつきで「若芽雨」の柄を、きものに染めたことがあるが二年程のニューヨーク生活を引き上げるとき、そこに住む日本人のお友達に上げてきてしまった。

点々とした小さな草萌えが、白と黒で散っていて、白い雨の斜線が、一面に走った藍地だった。彼女はあれを着て、日本の雨の音を、空耳にきいているかもしれない。あのきものを欲しがったのは、雨さえ乾いた音を立てるニューヨークに、長く住んでいるひとの渇きだったかもしれない。

絽に、夕立ちでも染めて、傘の絵の帯でもとり合わせるのもいい。帯は芭蕉の葉、あるいは、深い軒廂《のきびさし》の絵もいい、と思う。などと思っているがなかなか実現しない。帯はうんとほそくして、きものの雨あしを、やっと受けとめている……という風に着たい。そして、ほんとうにひと雨来そうな夕方、黒塗りの下駄でも履いて、苔を自慢にしている知り合いの庭を訪ねたい。そこのあるじは数奇者だから、茶室に誘われ、「雨夜の品定め」がはじまるかも……などと、雨にまつわる想いはとめどがない。

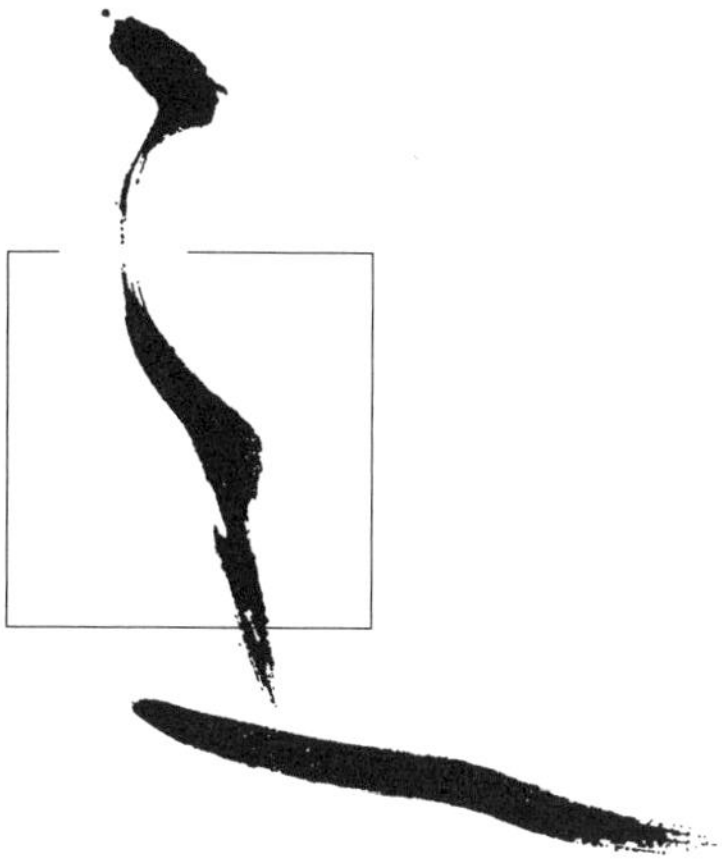

遊

ある作品にある人が「夏のあそび」と題をつけてくれた。

夏のあそびといえば、幼い子供の水鉄砲からボートやヨット、川べりの花火、笹を川へ流すたなばたや、とうろう流しの行事まで、水はつきものである。

自分でつける題にも、水に縁のあるものが多い。「井」「源」「潮」とか、「張る」「溢れ」など今までつけたが、つい、サンズイの字を使いたくなるのである。

また「見ぬかたち」という題もいくつかの作につけている。心の相を形づくることのむずかしいままに、つけているのである。

わきいで、あふれ、ただよう水のすがたは、とらえがたい心のすがたに似ている。題にする文字の、サンズイをリッシンベンに替えてみたら、そういうこころを表わす字が出来るかもしれない。が、かりにそんな字があったとしても、それではつきすぎて、題はやっぱりサンズイなどに託して置きたい。澄、濁、濃、淡、浅いも深いも、洗うも汚れも、水の相はみな心のすがたにあてはまる。

水のわくところに人が住みつきはじめたことは、水が人間になくてはならないものであるばかりでなく、人には水のすがたがなつかしいのだ。泉のほとりには、だれでもちょっとたたずみたくなる。昔から人はこころの渇きも、水にいやしたのではないかと思う。遣り水などという言葉にも、心を遣るというひびきがある。だからわたくしなども、こころにあるもののかたちをつくろうとして、そのてだてとして無意識に水のすがたをかりようとするのかもしれない。

第一、水墨という用具にとりつかれていること自体、水とは切っても切れない仲ということになる。私は作品に添える書き付けの材料の欄に、水、墨、紙とかき入れる。水を上位にすえる。墨や紙はさして上等のものも持っていないが、水は天然しぜん、あめがしたの重宝である。

水は乾けばなくなるとはいえ、水のこころは紙面、紙背に墨とともに生きてのこる。つい先日見た呉昌碩（中国の画家で書家で詩人）の絵の蘭の花は墨色におうばかりで、岩はしっとりと湿り、見るものの心もぬれる、というような絵であった。

水と墨と紙のかかわり合い方というものはまことに微妙で、こまやかなので、書くほうの心に一瞬よぎる翳りのようなものを、あらわに見せる。気負い、気取り、はったり、なげやり、というものが、私にもちゃんと具わっていることが、わかり過ぎるくらいに教えてくれるにくらしい道具だが、正直な鏡を割るわけにはいかない。

水は墨を得ると、さらぬだに箸にも棒にもかからない性質を高め、魔力を増し、自分で自分の心をどうしようもないことに似て、ふりまわされる。時々「復讐は我にあり我これに報いん」という大げさな宣言を思い出すくらいである。

水墨のその、毛程の筋の乱れも許さじとするきびしさは、一面で、愚女の身ごと心ぐるみ引き受けてくれようという大きさがうしろに用意されていることでもあり、先に言ったようなヘンな気負いなどを去れば、そうして貰えるらしいこともわかるので、ついつい、まあ性懲りもなくつき合うということになる。

できた人はだから、水、墨と遊びたわむれるらしい。羨ましくも墨戯などと言う。

だがそういうものには、遊びに見えても、つつましい祈りの果ての姿があって、心打たれる。

歳月

先日、ある会合で建築家の吉阪隆正氏にお会いしたら「きのう、墓に行ってきました。もう二十年近くなりますね」とおっしゃるので、吉阪さんのお父様のそのお墓を造るお手伝いをしたことを思い出した。

御依頼を受けたのは、墓碑銘であるが、それは日本文でも漢文でもなく、仏蘭西の詩を書くことであった。仏蘭西語の文も詩も書いたことがないので御辞退申し上げたが、たって、ということで、とうとうお引受けし、下書きを何度もして見たものの、章法というものが摑めない不安なまま、多摩墓地へ行き、そのお墓を見て、また驚いた。

図面は前もって拝見していて、その設計の月並ならぬものであることは承知していたが、そこの、まだ板に掩われたコンクリートの一面の前に立って、不安が増幅してきた。コルビジュエのモデュロールに則って出されたという寸法は、高さ二米半、横四米近い大きなもので、これに鉄筆で横文字の詩を書くのかと思うと、自分でも心臓が強過ぎるのではないかと思わないわけにはいかなかったが、職人達は、そろそろ枠を取り外しにかかっている。

生《な》ま過ぎてはコンクリートはぼろぼろこぼれるし、乾き過ぎれば固くて彫り書きも出来ない。頃合いを見はからって始めなければならない。とにかく脚立に乗って左上一行目 Le soleil と書き始めたが、二行目になるともう相当固い。コンクリートの乾き方の意外に速いのに慌て、一気に書き了せなければと、心はあせり、手はくたびれ、霧を吹きかけて貰い、鉄筆の頭を金槌で叩きなど、悪戦苦闘であったが、La voit とどうやら終る頃の壁の固さは、もう彫り書きの限度であった。

「年がたって、さびてよくなりました」

吉阪さんのお言葉で私は少しほっとした。私は、書き終った時から、彫りの線に早く苔や土がしみついてほしい、と希っていたのだ。

"Le soleil a rendez vous
avec la lune
La lune est là
La lune est là
Mais le soleil ne la voit pas
Il faut la nuit pour qúil
La voit."

「太陽は月と待ち合せ
月は来たのに
月は来たのに
太陽には見えない
会うためには
夜にならねば」

この月と太陽の恋のうたは吉阪さんのお父上の愛誦詩《あいしょうし》で、詠みびとしらず、私はその詩にも惹かれて、書く気になったのかもしれないと、夢中で一気に彫ったことを、ずっと後になって、思ったことであった。コンクリートに黒御影を配した、清楚で強い吉阪造型に参加するということは、むろんなによりも魅力であったが。

お墓の周辺の木々の繁りも深くなり、つたない文字も歳月が手をかしてくれて、少しは見られるようになったであろうか。

窓

建物の窓は、明りとり、風入れ、眺めなど、人と自然とのつながりのためにあるが、また人と人とのつながりの窓口というのもある。人は出入口から内と外とを行き来するが、窓は開いても外との行き来はしない。窓から出たり入ったりするのは地震の時でもない限りお行儀のわるいことである。関東大地震の時、子供だった私は窓から庭に飛び降りた。平屋の窓だったから、ひらりと飛び降りたつもりである。そのほか窓から外部との行き来はしたことはない。

窓には人が内からうかがい見る外部、外から控え目にしのびよる自然、人の視覚やその他の感覚を区切って集中したものにするかたち、そんな微妙な役目がある。

窓による半身の人はなつかしい。窓に見える人は、外の者にとっては見えても彼方の人である。垣間見る、というような見方は優雅である。連想と憧憬を誘い、深窓というような言葉の余韻となる。昔から物語りの聡明なコイビトは、たいていまず窓から現れる。そしてその窓は間もなく閉じられる。次の日、窓は開かれていても人影はないかも知れない。そのかわり歌声やものの匂いが流れてきたり、外からも花びらやとんぼが舞い込んだりすれば、内と外との物語りはつづくのである。ふと飛び込んだ黄色い蝶に心をときめかし、舞い落ちた一片の枯葉に何かの暗示を見るような古風な情感を窓はかかえ込んでいる。

窓辺の人の身のこなしを、知らず知らず美しくしているようなかたち、私たちの想いのなかの、江戸や明治の丸窓に見られる人はみんな美人であったし、武者窓とか、京都御所の櫛形の窓などは、中世のドラマをのぞかせる。

この間、大徳寺の竜光院で、火頭窓の外にたたずんでいたら、ふとその窓に灯がともったのが心にしみた。心の集中を表わすような形の、白い障子のその内には、きびしい勤行の心があるにちがいない。

人を配して生きる窓、深い奥を思い見させるような窓がいい。外の木立や建物や人たちが優しく見えるような窓によりたい。内部の空気調節が完全で開くことのない窓でも、窓というからには、内と外とのつながりが生まれなければいけない。そういうかたちや手だてがなされなければいけないと思う。人は窓に夢を託したり、育てたりしてきたのだから。

こういうこころの方をしんにして、雨じまいとか採光、遮光、通風や用心や材料やおねだん、そういうもろもろも勘定に入れて寸法を出さなければならない建築家もたいへんだが、もともと家に窓をつけたのは人だから、心と機能は反するものである筈はない。

三好達治と書

いま私の手許にある三好さんの書というものは、詩集『艸千里《くさせんり》』の扉の署名、走り書きのはがき、お酒を飲む家で即興に俳句を書いて下さったものくらいである。

はがきはさらりとした走筆で、詩集の署名は行書体の達筆である。俳句の方は酔余の筆ながら、やや佶屈《きっくつ》としている。

三好さんは書に一家言を持っていられたことは確かなのだが、そしてよく話もされたのに、それは、はっきりと思い辿れるようなものではない。いつもお酒を飲んでおいでだったから、ということは理由にはならない。三好さんはお酒をのんでも、本当のお話をなさった方なのだ。

書論などというものは、中国のものでも日本のものでも、あるところまでは論理的なかたちがあるが、書は論になりがたい部分の方が重いものなのか、書論では書をつかむことは出来ない。三好さんはそのへんの事情を呑み込んでいられたのらしく、「とかくの論に及ばず」、といったかたちのものを私の心に残されている。

私が十数年も前に書いた小さい書集の序文に、題も〝贅言〟として、次のように書いて下さった。

先ほどのぞいてゐた雑誌に「笹鳴いていつしか書体やはらぎぬ」といふ句があつて眼にとまつた。句にいふ浅春の頃とはかぎらないが墨をすりつぎお手習ひをしてゐてやうやく肢体のほどけるやうな感を覚えるのは楽しいものである。これを人生一楽といつてもいひすぎではあるまい。中国人の智慧は筆硯紙墨いいものを発明しておいてくれた。これらの用具はこのほどおひおひ実用性を失ひつつあるにしても、人生一楽を楽しむ方の側はそれとはまた別にこの先当分のところ癈絶しまいかと思はれる。閑暇を楽しんで益のあるのはうまい具合の話ではないか。益とは何をいふか、ここには略して考へない。ただその一つをいふと、お手習ひにはずゐぶんと人を気永にしてくれる功用があるやうである。これを楽しむのはやさしいがなかなかに上達しないからである。上達は才と不才によることだがいづれにしても易々とは進歩しまい。それで、或はそれがいいのである。おいそれと手が上つて上手になつたのではいつかうに面白くない、といふ面白さがお手習ひの面白さの特色のやうである。とすると、従つてまたそれはふだん忘れがちな「汝自身」の前に時間をかけてゆつくり筆者を面と対ひあはせる独自の副作用を必ずこれに伴ふやうでもある。墨戯はもと自己発揮と自己凝視との動静二重性のこもごも搦みあつた微妙な銷閑《しょうかん》法、無償の行為といつていい風のものかと思はれるが如何であらうか。（後略、原文のまま）

銷閑法や無償の行為に、筋みちなどは野暮な話で、三好さんにとって書はお酒とおなじ、筆硯紙墨つまり文房四宝、も一壺の酒を宝とす、というふうなものなのだ。だから、お酒を飲む家で、少しお銚子の来方が遅れたりする合間に、あの高い独特の音程の声で、「つまり書はからだでわかるもので、からだを動かして体得しない者にはわかる筈はない」といわれたりした。

他人の詩文をれいれいしく紙墨にのせたりすることは、私はその頃もうやめていた。自分の書をかたちづくる、ということの為に、それも一つの方法だと思って、三好さんの詩などを随分拝借して書いていた。私の発表したものについて、三好さんは昭和二十六年の朝日新聞に、「……よく分らないがもう少し漢意のくみとりがあると新しさも引き立つのではないか、筆墨の芸は漢人の気習を離れると曲芸におち易いようだ、そういう約束のものであるこのアンデパンダンスは難中の難事……」と指摘して、私の無償、銷閑どころでない行為に爽やかに水をかけられた。

「難中の難事」にはそれから二、三年熱中していたが、そのうち私は文字という約束の記号から離れたものを作るようになって行った。三好さんは、この文字を書かぬ筆墨の芸については、ついにひとことも言っては下さらなかった。

十年来、東京での三回の個展には、ついに一度も見えられなかった。それでも、私はいつもどこか心の隅に三好さんに見て頂きたい気持を残していたらしい。数年前の個展の時、会場に見えられた三好さんの令嬢に「お父様に見て頂きたい」とついお伝言をしたのだが、三好さんはおいでにならなかった。

私は三好さんに賞められたことが一度ある。どこかのクラブでお茶を飲んでいて、私が紅茶茶碗のふちについた紅を懐紙で拭いたことを、ずっと後にお会いした時に賞められた。少し離れた別の席から見ていられたというのである。〝アレハウツクシカッタ……〟。紙に書くものはなかなか賞めて貰えず、紙で拭くしぐさを賞められた、情ないはなしである。

印の小包

一年に一度か二度、私のところに、小さい小包がとどく。たいてい十センチに満たない立方形が、きっかりと包まれてくる。包み方、ヒモのかけ方が、すでに非常に美しい。

そして中身。四角いマスのような木製のしっかりした箱。その中に一顆の印がはいっている。印影は「桃」の一字、刻は大熊喜英氏。建築家である。

細い線の雅致ある朱文や、刀の使い方が勁《つよ》い白文など、もう十近くもたまった。

印材がまたたいそう珍しい。東大寺の古い瓦の一片を切りとったものや、純白の寒水の切石、紫色のアクリル材にまで、自由な印刀は及んでいる。一度は方二十センチの、伊豆の軽い石に太いワク取りの中に大きな「桃」を下さったり、先ごろはローマのカラカラ浴場で拾って帰られたという石に、ゆらいだような長方形の白文を入れて下さったり……。すべて心のままに刻まれたかたちは、ふくよかで、柔らかでそれでいて静かである。私のつくるものと、対極にあるような印なのだ。見ていると、何だか「桃」といういちばん身近な文字が、別の世界に遊びにいっているようでたのしくなってくる。

私は大熊氏とはめったにお会いしない。

十年くらいも前に、大成建設の設計部のお部屋で、清水一氏からご同僚としてご紹介を受けたときから、お目にかかったのは、今日までに二度だけだ。篆刻の余技をお持ちのことも、はじめは全く存じ上げなかった。ある日突然小包をいただき、それが印であったのには、ほんとうに驚き、かつ、うれしかった。

以後、私はただいただいてばかりいるのである。おつき合いを願っているなどとは申せたものではないのだが、さりとて、おつき合いがない、とも言えない。

美しい小包が届く。私はうれしさのあまり、すぐ、その印の捺せるようなものを書きたくなり墨を磨る。そしてまずそわそわとお礼状を書く。お目にかかってお礼を申し上げたいと思い思いしているうちに、ある日ふと、また形のいい小包をいただいてしまう。十年間に、清水さんの俳句の出版記念会のときと、私の個展の会場にきて下さったのと、そのほかはいくら考えてもお会いした覚えがない。

私は、非礼かもしれないが、こんなにさりげない、ゆたかさとやわらかさの届きかたを、そっとしておきたい。

遠さ

遠いこと、遠いものは美しく見えるものだ。

遠さ、ということに、人は昔から心を遣《や》りあこがれを育てて来た。歳月と空間の遠さに、見得ぬもの、とらえ得ぬものの存在を信じたり、それを思い見る心のてだてを生んだりして来た。

遠方人《おちかたびと》などという言葉も、もうそれは美しい人にきまっているような語感をもっている。遠い人、遠い所にいて一寸逢えない人、そう思うことでその人は美しくなる。遠つ代びとは、もう逢うすべはないと思わなければならないが、遠方人のほうはまだもしかしたらということもある。一緒にいる家族や、隣に住む人などの、日常性の具体的なもののつきまとわないおちかたのひとは、抽象の次元で人の心に宿る。

孔子さますら「友あり遠方より来たる」である。島国の日本は昔から遠い所からくる人を大事にし、入ってくる人に大騒ぎした。

人は更に、来ることのないものをも思う。遠々しく思えども思い見難い時間や空間を、遠ざかれば遠ざかるほど、遠のけば遠のくほどに求める。

遠いものを身近に引き寄せて見抜こうとするが、なまじなことはあぶない。手がかりを見つけて引き寄せたいのは人情であろうが、スターの楽屋に押しかけるように行かない。一面を引っぱり寄せて歪んだものでわかったつもりになることもある。

日本人は遠距離崇拝だと軽蔑する人がいる。身近な良きものを知らないで、上等ハクライなどといってきた。でも西洋も少しは東洋をあこがれている。「アメリカのインテリがパリとキョートという名を聞いたり話したりするとき、示す表情と眼差しは、キョートの方がより夢幻的である」とボストンのある大学教授がこの春、私に言ったのである。アメリカの人にとってキョートは遠い東洋なのだ。

今はすぐに行き来出来るが、アメリカ東部からは、パリよりキョートはまだ遠く、いろんな意味であこがれて、すぐ行って見ることが出来れば、満足、幻滅、いずれにしても一応のケリがつくが、なかなか行かれなければ、心の営みは増幅し、もし対象が人ならば「恋重荷」となり、お能では後ジテの怨霊となるくらいで、あこがれではすまない。

今私はニューヨークで暮している。二年程経って、日本のさまざまのことが、ちがって見えてきたり、思われたりする。それはただ、美しく見える、遠目とはちがう。二十時間たらずで行けるとしても、異質の空間にいて、そこの風の匂いや、土の色は、日本の色や匂いの意味を、あらためて思わせてくれるのである。その見えて来るものが、むしろ日本にいる時よりも近付いて来ることすらある。東京では持ったことのない、一種不思議な切ないかなしみに似たものが心に宿って来る。そういう距離の醸すものを、かたちにしたい。

しかし、私にはまだ怨霊は宿ってくれない。日本に帰れない、ということになったらどうであろうか。

趣味

私ぐらい無趣味の人間も少ないらしい。

「お趣味は?」と聞かれるといつも困る。「ありません」といっても、そんな筈はない、という表情をする。

「音楽は?」と聞かれる。好きだがとりたてて趣味としているわけではない。「ゴルフは?」「いたしません」「釣り、園芸?」「いたしません」「ドライブは?」「いたしません」というわけで素っ気ないことである。まさか朝寝坊と夜更かしが趣味だとも言えない。

けれども、私は夜更けにひとりで、用もなくて起きてぼんやりしているのが好きである。寝てしまっては、今日という日はなくなる。時を惜しむ、という心が、湧然《ゆうぜん》とこういう時間に湧いてくるのだ。

用事の組み込まれた時間は、いやおうなく現実的な色合いを持つから、本当の時間らしい時間、いわば無垢な時間というものは、夜更けしかないのだ。そういう時間を、してもしなくてもいいことに使うのは楽しい。なんにもしないでいるのはさらにいい。

ぜひやらねばならないことを、徹夜でやるのは趣味とは言いがたい。趣味をまっとうするためには、やるべきことは宵の口にやってしまわなくてはならない。

仲間、広い地面、ものものしい道具、お金、夜更かしは、そういうもろもろの面倒なものはいっさい要らないので、なまけ者の私に向いている。

「思い」そう、思うことが涸れなければ、この趣味はいつまでも尽きない。たいした深刻なことは考えないが、越し方行く末を思い、それからそれへとほしいままのことを思い、人の上を思い……（それを今まで書き留めていたら、随筆も巧くなったであろうに……、すぐそういう邪心が入るからいけない。実益を考えないところが趣味の身上だ）

健康のためとか、付き合い上とか、品性向上だのと、なんのため、かんのためと、おマケのつく趣味はうっとうしい。

しかし、私の思いというものも、いつか私のつくるものの中に、かたちをとるのである。つくるもののかたちや線の中に、そのことを私は思い当たるのだ。つくられたものは、私の思いの、まあいわば可視的なかたちなのだ。趣味、と思っていても、やはり仕事の一部ではないのか……。そういうことになるのなら、やっぱり私には趣味はないのであろう。

喰べること

山野菜

先ごろ長岡市に招かれた折に、ごちそうになった野菜、山菜がおいしかった。雪の深い土地の、ようやく雪が溶けた後の緑の色、そういうサラダ、おひたしの色であった。

柔らかさ、匂いに漂うようなものが、雪後の季節を語っていて、それが口中に沁みるように思われた。

春の雪が、ほうれんそうの紅い根元に柔らかく降る、というような歌を作ったことがある。女学校の三年生ぐらいのときであった。

先生が、「この歌は色彩感覚が優れている」、と褒めてくれた。私は、色彩感覚はともかくとして、わざわざほうれんそうという食べられる野菜を歌にしたのだから、「雪の下のほうれんそうはきっとおいしいでしょう」と言って欲しかったのだ。食いしんぼうだったのであるが、また、古歌にもある、君がため若菜を摘む袖に雪がかかる……ような風情に、憧れてもいたのであった。

人垣

一九五〇年代にニューヨークへ行き、初めて立ったまま飲み、食べるパーティーに出た時は少々驚いたが、あの形式は、今はもうすっかり日本中に定着したようである。

ただ彼《か》の方は、お料理を自分のお皿に取ったらテーブルを離れるが、わが方はそのままそこを離れずにいる人がまだまだ多いという違いがある。

お料理のテーブルが人垣に囲まれて寄り付けない時もあるし、体をはすかいにしてようやく入れて頂いても、ちょっとよけてもくださらず、ご自分の前のナプキン一枚とってくださりもしない。腕を長々と伸ばしてお皿やフォークを取ろうとすれば、袖がお料理に触れる。いらだたしい。

甚だしきはテーブルの向こう側とこっち側で、口角泡を飛ばしてギロンしてらっしゃる紳士もおいでになり、おそらくその間のごちそうは、無慮数千万滴の唾液の飛沫に掩われていると考えられる状態の場合もあることである。

私の知人で、こういう形式の会の料理は一切食べないという人がある。

海苔巻き

先ごろ『墨いろ』という随筆集を出版したが、読んでくれた知人たちが、いちように、その中の「母の海苔巻き」という小文をほめる。

私が「食い意地が張っているのね」と言うと「そうではない。いつも少々思い上がっているあなたが、あの文章でしおらしいところもあることがわかるからだ」などとおっしゃる。

その小文というのは、私の姪（姉の娘）が持参した手作りの海苔巻きを、一口食べると、私の母の作ったものの味そのままだったので、亡き姉は、母の味を娘に伝えたのに、私には伝授する子がないといたくしょげた、というおセンチな文である。

母は、海苔巻きに必ず季節季節の匂いのある野菜を巻き込み、それが如何に懐かしい味わいを持っていたかを私は書いたので読んだ知人たちも、私がしょげたことに快哉を叫んだにしても、わが母の海苔巻きに、食欲をそそられなさったことも、また間違いないことだと信じる。

お蕎麦1

新潟の伊藤氏別邸にお住まいになっていらした會津八一先生をお訪ねしたことがあった。もう三十年も昔のことである。

通された玄関わきの五坪ほどの部屋は、出入り口と庭に面した腰高窓を除いて、四方天井まで本で埋まり、壁というものが一切見えない空間で、その窓に面した机を背にして先生は椅子に腰かけていらした。

どのようなご挨拶をしたかは忘れてしまったが、おじぎをした時、先生の椅子の座の隅にお蕎麦が一筋落ちているのをふと見付けた。ねじれて一本、もしちょっと先生が腰を動かしたら縞のお着物にくっつく。しかし、なぜか私は「先生おそばが…」という言葉を口に出せない。何気なく先生の側へ行ってつまみとって懐紙に納めようか、だが、何しろこちらはコチコチになっていて、自然にそんなことが出来る雰囲気ではない。

今しがた先生はこの書斎でお蕎麦を召し上がっていらした、そのお独りの時間。そこに私は踏み込めなかった。

お蕎麦2

おそば屋の暖簾は、以前は「きそば(きそば)」というのが当たり前であった。きは幾、そは楚、ばは者、という字の万葉仮名であるが、それがだれにも読めたし、生粋の蕎麦であることの心意気みたいなものが、そのわざとむつかしげな仮名にこめられていたようである。今は大かた「…めん」、という名称に変わってしまった。

その「…めん」という物になって、食べ方のほうも変わったようである。おそばはむしゃむしゃ噛んだりしないで、さっと啜り込むものだったが、今の「…めん」は、TVなどで俳優たちが食べるのを見ていると、噛んだり途中で箸で挾み切ったりしている。やはり落語のときの、はなし家のしぐさの方がきれいでおいしそうである。

そうはいうものの私もおそばの食べ方は下手で、するするっと啜り込むつもりでも、長い細いものの裾の方が左右に揺れて、おつゆが潑ね飛び、あごの辺りや衿を汚し始末に悪い。これは本当の蕎麦好きでないということなのだそうである。

最高に幸福

家によく来る人で、何か食物を出すと「ああおいしい。食べている時が最高に幸福」と言う人がいた。

突然前触れもなくやって来るので、ごちそうでもなく有り合わせの食事を出すのだが「…最高に幸福」と必ず言うので、手伝いの人も、しばらくその人が来ないと、「どうしたのでしょう」などと心待ちにしているふうであった。

男の人だが、そのうちに、来ると台所へ入って自分でゴソゴソやり出すようになり、それが結構上手で、時々来合わせる私の弟や妹、その子たちも、その人の作ったものを食べたりした。

私の妹は料理の腕前はちょっとしたものなので、ある時七品ほどの中華風の料理を作って彼にも食べさせたが、その時彼は「最高に幸福」を連発し、その後台所入りはやめてしまった。

彼はその後東京を離れて家に来ることもなくなったが、五年ぶりに羽田空港でばったり会った時、「北海道にオカズを買いに行くんです」と言った。

シアトルの松茸

ニューヨークに行くとまぐろのお刺し身やおすしがおいしい。うにもみる貝も東京の普通の店よりおいしい。(特別の所は知らないが)

おとうふ、お餅、日本独特の物と思っていたこういうものが、外国の方がおいしくなってしまったのは、へんな気がするものである。

昨年の秋は、シアトルに松茸狩りに行かないか、と誘われた。私は行かなかったがお土産の松茸は、京都へんから送られて来るものよりみずみずしく、匂いも高かった。うれしいが憎らしいような気もした。

以前普通に食べられたおいしいもので、無くなったものがずいぶん多い。秋刀魚《さんま》はあるがまずい。ひこいわしなどは東京では近ごろ見当たらない。大根千六本にひこいわしを入れて、酢をたらし柚の香でたべるようなごく簡単なことが出来ない。

音

知り合いの娘さんがお見合いをしたが、断ったという。お相手の美男子が、紅茶をズーズーと音をたてて飲んだのが、イヤなのだという。神経にさわるというのだ。

そんなことで……と、周囲の人は言うが、神経は理屈ではないから仕方がないと私は思う。この娘さんはお茶漬けをさらさらかき込むのは得意なのであるから。

紅茶やスープは音を立てずに、ビールはゴクリゴクリがよろしい、ということになっていたり、中国のある地方では、舌鼓をビタビタ打つほうがごちそうへの賛美なのだという話も聞いた。すべての国、地方のしきたりに通暁することはむつかしい。

ただ、自然に音をたてても少しも卑しくなく、ひっそりやっていても、いやに陰気な感じの食べ方飲み方というのもある。

おそばを盛大に音を立てて啜り込んでも何ともなく、静寂な茶室で、おしまいの一口を啜り込む音が神経にさわることもあるかもしれない。

応変

私は、あまのじゃくだからお椀にコンソメスープを、抹茶茶わんにおこうこを盛ったりする。

亡くなった花森安治氏は珈琲は、備前だか丹波だかの筒茶わんで両手で包んで飲むのが最高によろしい、とおっしゃったが、コーヒーも紅茶も、何も把手に指を突っ込んで片手で飲まねばならぬはずもない。

そのでんで、サラダを取るには、おしゃもじとお菜箸がまことに使いよく、お子様に茶わん蒸しを供する時は、コーヒー茶わんが適している。

先日黒塗りの粥椀を頂いた。杢目を残した艶消しの、大ぶりの口が開いて、大へん気に入った。早速お粥を煮て、やはり頂いた蕗《ふき》の薹《とう》を散らしたが、次の日お客に、食前の飲み物に添えて、このお椀に、おせんべいの薄焼きや南京豆を盛って出した。

外国からのお客たちは、お椀を賞め、手に持ってその軽みを楽しんでいた。

拍手を

立っている会食の時に、一番当惑するのは、司会者が「どうぞ盛大な拍手をもってお迎えください」などと言うことである。

左手に料理のお皿、右手にグラス、小わきにバッグを抱え、いかにして拍手をするのでありましょうか。

前に、お料理の並んでいるテーブルから人々はなかなか離れないことを困ったことと書いたが、あれも、やたらと「拍手をもって…」が多いこのごろの会の形式が、そうさせているのかもしれない。

会場の諸所に、もっとたくさんの小卓を配し、「拍手」と言われたら、最寄りのテーブルにお皿、グラス一式をすぐ置けるのでなければ、大テーブルに貼りついた人たちを、剝がすことはむつかしい。

これは、たべもの、には直接関係のないことだが、やたら「拍手を」と命令されるのは、なんだか味気ない。拍手はひとびとのおのずからの感動の表現だから。にくまれついでに。

ころもがえ

歳時記では「ころもがえ」は、初夏の季題だが、秋にも「のちのころもがえ」というのがある。

昔、宮中では四月一日、十月一日を更衣の日と定め、江戸期は五月五日から八月末まで帷子《かたびら》、九月九日から三月末まで綿入れ、四月一日から五月四日までと、九月一日から八日まで袷《あわせ》、と、こまかく何度もころもがえがあったらしい。

この、月日はむろん陰暦で、今の九月から綿入れなど考えられないし、また綿入れとか帷子を知らない人も、もう多いことと思う。

袷にも、春袷、秋袷、薄綿、秋去衣《あきさりごろも》などあり、単衣《ひとえ》もうすもの、すずし、と、きものには、季節をこまやかに受け止めた言い方があって、ころもがえ、というのも、日本の四季の移りかたの微妙さが託された言葉である。

日常は大かた洋風の衣服になった今は、気候によって適当に着る物を調節しているので、ころもがえ、という語のもつ季節のうつろいの情感を、若い人と共有できるかどうか、心もとない気がする。

更衣《ころもがえ》野路の人はつかに白し　蕪村

このような風景、今なら女学生の制服が、紺から白に変る日などが、それに当てられるかもしれない。

冬から春、着馴れた袷がいつとなく肩に重くなり、やがて単衣に着更《きか》える日、天地ははつなつ、若い人は衣服による心理の振幅は大きいから、ふだんあまり外出をしなかった昔の女の人も、その時節には、足どり軽く町や野を歩いたのであろう。

私なども単衣に更《か》える日は何となく心そぞろなものがある。新調というのでもなく、去年、おとどし、もっと古い物も引っ張り出すが、しばらく離れていたものの色や匂いがなつかしい。それは、以前のままの色、柄にちがいないのに、どこかちがったようにも思われる「こぞのころも」である。

軽くあっさりと着て、ふと素足に触れる裾の感じのひそやかさに、昔の家居の、畳、板敷の踏み心地なども甦ってきて、現在の狭い板の間を歩き廻ったりする。

女学生の頃、ある夕方「明日からこれを着なさい」と、母が取り出した白地の単衣の藍の茶屋辻文様、それを着て見た日の足の甲に触れる木綿の感触をまだ私は覚えている。それは十七で亡くなった上の姉の形見で、その後十何年も、戦災で焼くまで、私の箪笥にその紅梅織りはあった。

きものはなかなかすたるものではないので、ころもがえは、更新よりも私の場合は更古にちかい。母、祖母の譲り物、自分でやっとの思いで作ったもの、一つ一つに畳まれたいわくいんねん物語り、と言えば大げさだが、はらりと開いて肩を入れ袖を通すと、藍や茜の匂いが添って、つい思いが昔に戻る。

以前はころもがえの後は一《ひと》仕事があった。今まで着ていた袷をほどき、洗い、張り、縫い返すのである。ふだん着はいたんだ部分を切りかえ、前後をかえ、派手になれば染めかえたりして「のちのころもがえ」に備えるのであった。

一枚のきものにも、長い年月の人の心や手が籠められていて、とても捨てられるものではない。布には、手をかければ生き返る強さ、命もあり、むしろ、古くなる程うつくしくなる色や質も多い。つまり、人が取り組むに足る、したたかさがあった。「こぞのころも」はだからやはりこぞとは違っていたのである。

新しい物を、ころもがえに着るのもまた格別の気分ではあるが、古いものへの心遣りは捨てがたいので、今でも私は衣生活には至極お金がかからない。

ころもがえは、生活の中で、自然、季節とのかかわり方、また、物とのつき合い方を、おのずから教えてくれる行事である。今どきの、季節の先取りなどというヘンな気の廻り方ではなく、おだやかに、それでいて引き緊った対応のしかたがあったことを、教えてくれる。

着物のかかっている部屋で

無精して、脱いだ着物を、屛風などにかけたまま、つい二三日、たたみもしないでいることが多い。その、無造作にかけられた着物のかたちに、心がとまることがある。

屛風の上端に衿がかかり、裾を床にひいたかたち、着物から、人の身がすり抜けても、何かが残っている気配がある。こころか、思いか、そんなものが、目に見えないが、より添って、ものを言っているかんじである。

去った恋人の置き残していった着物を、独りの部屋にかけていた三好達治のことを、萩原葉子さんが、小説『天上の花』の中に、書かれていたが、すさまじい感じがした。打ちかけた着物のかたちには、見るもののほうが、そこに何かを宿らせたいような、招き、というか、引き込むような一種のいざないがある。

縦と斜めの断続するいくつかの線が流れて折れて、たたみの上でしずまる、ただそれだけのかたちが、作ろうとしては、なかなか出来ないもので、ふと、藍紙本万葉集のなかに、こんなかたちの草仮名の「し」の字があったような気がする、などと、屏風のかげにねそべって考えたりしている。

気が付いて、愚にもつかぬことだと思う。

だが、ぶらさがっている洋服を見ても、こんな、「愚にもつかぬ」というほどのことすら考えない。

人のからだに合わせた、具体的なかたちには、想像の余地が少ない。からだがすり抜けたら、ただ着物が残るだけで、余情の宿るあき間がない。

着物は、着る物として作られたとしても、作り残しの多い、一枚の布きれとの中間のようなもので、着手《きて》の心の宿る場があり、妄想のたもとや夢想のたてづまや、袖口からは何かがこぼれていて、詩人が紅絹（もみ）のふりに綿々として語りかけたとしてもふしぎではない。

しまりのない空き間のような着物を、着ることでしまりをつける、その行為が生きるので、着物をきるたのしみは、そのへんにあるような気がする。しまりのつけ方に抽象のようなものをたくさん含んでいることが、好ましい。着ることでそれぞれのかたちをつくり出すので、ぬけがらになった時にも、着ていた人の心や身のこなしの残像が宿っていて、考えようによってはきみのわるいものである。

でも、そういうわけで私の部屋はきものがかかっている時のほうが、すこし有機的な空間になるような気がして、たたむことを怠ける自堕落の言いわけにしている。

濃き紅

「この振袖の、紅いろの似合ううちに、孫娘を結婚させたい」と、ある老婦人が言った。この人は着物の道楽をしつくしたらしい人だが、振袖の、赤い地色のうつくしさに、思わず口走ったというのである。

これは、衣裳のほうが、着手の人間より先に立っていることで、ナンセンスと言えば言えることであるが、その、くれなゐの色は、それほど、つまり一種血迷いを起こさせるほどうつくしかったのである。人の考えのあとさきを転倒させるほどの紅いろ、あっぱれなあかの話。

うつくしいものに、うつつを抜かすことはまあることで、愛するお孫娘のお相手を、十八、九、せいぜい二十歳までか……、着せてこの赤の映えるうちに見付けて、華燭を挙げさせたい、と思うのは、美の享受の、一つの積極的な姿勢と言えるかもしれない。それを身に着けるのはご本人ではないにしても。

その希いが果されたかどうかは、私は知らないが、その話の赤の色は私も知っている。昔から「濃きくれなゐ」と言われる色で、「くれなゐ」という言葉が使われなくなってからは、紅をべにと呼ぶならわしに従って「こきべに」と言っていた。

亡くなった松本喜久治さん（華燭衣裳処、満つ本の先代）が、一生この紅に執心して、工夫を重ねて染めさせていた赤である。

その満つ本さんの紅への情熱は、折に触れて見たり聞いたりしてきた。山形の紅花を取り寄せて研究したり、京都の祇園のおけらまいりの時の藁を集めて燃やし、その灰を染液に混ぜると紅の染色がいいとか言って、せっせと試したり、たいへん熱心な様子を、よそながら感心していたものである。

芝居好きの彼は、芝居に出てくる赤姫の衣裳の色が、自分が懐いていたイメージの赤でないのを残念がり、何とかもっといい赤を、と思ったことが、若い日の彼に、紅の色のとりついた始まりだということであったが、その喜久治さんが、七十のお祝いに我々に贈ってくれた風呂敷は、ほんとうに美しい紅染であった。

七十の古稀を濃きにかけて「古稀紅」と題した歌が添えてあり、くれなゐを尋ねて七十を迎えた感慨が、手にして、しっとりと重い風呂敷から、こちらにも伝わってくるのを、私なども感じとった。

その「古稀紅」は、彼の到達した、一つの頂点のべにの色であったと思う。その風呂敷を持っていると、会う人毎に「何といい色」と言われる。赤姫にも華燭にも縁のない私にはおこぼれのような心楽しさである。この色に映える乙女の豊頰《ほうきょう》というものを想像すると、いつも一首の歌が心に浮かぶ。

春のその　くれなゐにほふ　桃の花
した照る道に　いでたつをとめ
（大伴家持）

ふりのこと

このことは前にも書いたが、昔、上の姉の病気療養のため、母と子供達だけで、千葉の海岸に住んでいた。五歳の私は母の袂《たもと》にぶらさがるようにして、海が近い白い道を歩いていた時のこと。何の用か、母は急いでいたようで、遠く続いている白い道をひたすら行くのだった。

母の急ぎ足が何か心細く、母の袂のふりに右の人さし指をひっかけているだけがたのみで、小走りに私はついて行くのだった。その日の、私の人さし指をささえたふりの感触、その甘い少しくすぐったいような感触を私の指さきがまだ覚えているのは不思議だし、その色合いもすぐ目の前にあったように見える。

母は余命のわかっている姉のために、よく街までアイスクリームの材料を買いに歩いて行った、という話は後年いく度も聞かされたので、あるいはその時も、十七歳の薄命の姉のことで母は、心をいっぱいにしていて、袂にぶらさがる私を、心細くさせたのかもしれない。しかし幼い私の指先の感触はあたたかく、少々センチメンタルだが、私は母の意識の外の優しさにふりの中でそっと触れていたのかもしれない。

　そういうことからかどうかわからないが、私は、きもののなかで、ふりという部分がことに好きだ。きもののなかで、さしたる機能を持たないところなのに、存在が生き生きとしている。

　もともと、衿、袖口、裾など、顔や手足のための部分も、きものは直線の延長でやり過ごし、あるいは包含させているが、そういった「開《あ》き」のなかで、ふりはいちばん現実的な役割から遠い。他の「開き」が陽の「開《あ》き」であれば、ふりは、陰の「開き」なのかもしれない。ふりはきものの呼吸のように、襦袢、長着、羽織などの裏表の数を重ねて揺れ、少しの色彩をこぼす。

　子供が指をひっかける為のものでは決してないが、幼い私の一指が感じたものは目の前の色と共にあたたかくなつかしく、よみがえる。

ふりのことばかり長々と書いてしまったが、きものというものは、ふりがある、ということだけ、そのひとつだけでも、語りつくせるようなものだし、また、細部一切の検討を重ねても語りつくせるものではないものとも思われる。そういうものだ。

無縫とはいえないまでも、「天衣」の性格がある。

きものは、袖口から手を出すというような、具体的なことでなく、全体で着るので、つまり、身の動きを部分的でなく見せ、形にする。

きものは、結局一枚の布だから、着る、というより、まとうこと、からだを包むもので、衿や裾の合わせ方も、つめるのも、ゆるやかにも、また、長くも短くも出来る。その時々の状態と気分で、まとえばいいのだ。要所は柔軟性のある紐で締めるにしても、どの程度にもできるし、位置も好きにとっていい。きものは同じかたちなのに、着る人によってすっかり変わる。

袖口の中に手を引き入れて、ゆったりと合わせた衿元に、あごをうすめて物思いをしている浮世絵の女の人など、三枚がさねの衿が、思いを受け止めているようで、きものがたのもしくも見える。

ああいう着方は体つきがちがう今の人にはできないが、気分は取り込もうとすれば取り込める。コチンコチンの公式通りの着付では取り込みようはないが、らくにまとえば、きものは自然の線を出してくれるものである。

時々私に着物の着方を教えてほしい、と言ってくる人があるが、不思議のことをきくものかなと思う。私は自分の体ときもちに合うように自分の着方を作って着ているので、その人の身と心に私はなれないから、とおことわりする。これはほんとうの親切のつもりなのだ。

袖口から襦袢《じゅばん》の袖を引き出して急いで涙をふいた昔のひとのしぐさは、きものと、だれだかしらない女の人がつくった、美しいかたちなのだが、今はそんな風情をしなくなったのは、女が幸福になったのか、不幸になったのか。女性は幸福になり、をんなはふしあわせになった、と、私の中のふだんあまり使わない心のある方角から、ほそいけれども、すずしい澄んだ声がふと、きこえるような気がするが……。

きものの、手首や裾にまつわるきれの感触から、身をつつんだというやすらぎの気持ち、単衣から袷に更える頃の、まだ素足の甲に触れる、裾まわしの絹のつめたさ、などの季節の感じ、春の日なども、安心していると、いつか日長も暮れていて、いそいで衿をかき合わせ、たすきを外しなどすると、それだけで、一枚上から羽織ったほどにも、暮れ方の冷気から、きものは身をまもる。

きものが直線でつくられていることも、このましい。からだの線と、直線との対照、諧調が、微妙なかたちで生まれる。その、身のうごきを、見せるのでなく感じさせるようなしくみは、きもの着の美しさの眼目かもしれない。能の衣裳の折目、前合せの裾の端を上げた直線は、役者のみじろぎの微かな時に非常に際立ってそそる。

折り目といえば「直線のなかで最高に美しい線は、紙や布を折った線だ」と、私の敬愛する画家が、断言に似た口調で言ったことばが、心に刻まれているが、きものは縫い目を見せず、キセという折り目で通し、キセの伸びてしまったきものを着ることは、恥とされている。

もう一つ、好きなこと。金属質やそれに似た硬いものが、いっさい使われていないことである。文字通り「身に寸鉄を帯びず」にいられる。

線のこと

何につけても私は線というものが気になる性分で、陶磁器など見ても、そこに描かれている線に眼が行く。また、陶磁器そのものを造っているかたちの線が気になる。

これは私の眼の癖《ヘキ》だと思う。

どうしてそうなったのか、よくわからないが、線は面に較べて孤独に堪えているから、とでも、少々キザを承知で言わば言って置くしかない。

線から物の形、質の感じ、手触りなどに入って行く道順が出来ているようで、色や形が先《ま》ず眼に入って来易い筈の物でも、線としての誘いがないと、心のほうのつまり琴線というものが共鳴しないのかもしれない、と、そんな気もする。

乏しい私の持物の中では、古伊万里の大鉢に描かれている花びらが、大らかな線でこのましい。細い線が勁《つよ》く、しかし曲げても決してポキンと折れるような線ではなく、撓《しな》うであろうような線、そして元に戻る呼吸をしている線なのである。

鉢のかたちの線も、あまりに薄手な為に、むしろ危うげで、その不安さに心惹かれる。

不安感というものは、ひとこころと陶磁器の間の宿命みたいなものではないかと思う。どのように安定した形に造られていても、一掬《いっきく》の不安も人に抱かせないすゑものは、うつくしくないのではないか、そんな気がする。

織部の六角形の香炉があるが、角の稜の線が、崩れそうで崩れない、その持ちこたえが二十年も眺めて飽きない。

金属のすかし彫りのような蓋をのせると、この、もちこたえのバランスが壊れるのでのせないでいるが、小さな香炉が線とはかほどに優しいもの、微妙なもの、といっているように思われる。

先頃、陶芸家のO氏のお仕事場にお邪魔をして、幾つかの茶碗に、字を書いたりして遊ばせて頂いた。

焼き上ったものを見て、思いがけなかったことは、私も知らなかった私の筆の別の線が、そこにあったことである。

火と土と釉にとって、私の書などはかんけいないことが面白かった。お構いなしのしわざが、却って私に私の持つ別の線を示してくれたのでありがたいことである。

茶碗そのものも、書く時に手にした感触、水気をふくんだ土のぼったりとした手応え、塊としての感じから、或る一つの線を張った形に成り変っていた。

線を張ると思われたのは、素《もと》の形に、火と釉が緊張を与えたことである。

緊張にはきっと不安が内蔵されていることを、あらためて思った。

また何かを書いて、火を通した線を見たい。

くろこ

二月半ばになって、ことしも東京に雪が降った。雪は妙に昔のことを思い出させてくれるものだ。私が、生まれてはじめて歌舞伎というものを見せて貰った日は、雪の日であった。

女学校の二年か三年であった。学校から帰るとすぐに着物をきせられ、母と姉と三人で出かけた。人力車で大森駅にゆき、新橋で降りてまた人力車に乗ったように思う。

行った先が何座であったかは覚えていないが、母がコートを脱ぎ、姉と私はショールをたたんで膝に置いて、並んで見物したことを覚えている。

なぜこんなことを思い出すかというと、近頃、歌舞伎を見に行っても、冬の季節は、厚ぼったいコートなど着込んだままのひとが、客席に多いのである。

隣の席から、ウールの厚ぼったい袖が、こちらの領域にはみ出してきている時など、何だかわびしくなり、昔は暖房なども、今ほどになかったように思うのに、こんな着込んだままのひとはいなかったと、私はつい思ってしまうのだ。

　こんなつまらぬことを書き出したのも、私は歌舞伎そのものについては全く無知なので、歌舞伎、といえばまずこんな見物のことなどが心に浮ぶのだ。いつの、誰れの、何が好かった、というような話が出来るほどに見込んだこともなく、本を読んで勉強したこともないのだ。ただ以前は家族に連れられて行き、近頃は招かれたりして見るぐらいで何もわからない。

　ただ、私はくろこというものには、始めからへんに心を惹かれた。その不思議な存在に、外の何にも見られない、別種の存在感を感じさせられていた。

　舞台の上を行ったり来たりしているのに、ひとは見ないことになっている、という約束を母からきいて、少女の私はいたく心にかかったし、今もその存在は心にかかる。

　死ぬひとに、ひもや刀などわたしたり出来るのは、神か悪魔か、そういうもののしかないのだ。死なせるかどうしようかと、作者の迷いもまだただよっているような時間を、決定してしまうような何かをもった、いわば宿命のかたちである。

くろこは、ものすごく敏感で、敏捷《びんしょう》で、気が利いてわけしりで、それだから見事にクールで、それが、黒い布のかたちにぴったりと裏打ちされたようにかたちとして美しい。

昨年ニューヨークでの個展に、くろこによる作（SHAPE・OF・BLACK）を出品したが、ニューヨーク・タイムズの批評に、UNEARTHLY、という語があって、私は何かハッとした。

面体をつつんだ、地上のものでないかたちを、存在させることは、作者の表現というよりは、すぐれた伝達の手だてなので、このてだてを生んだひとをすごいと思う。

河原ではじまった頃から、そういうかたちがあったのであろうか、運命の手先がウロウロしていた河原の風は、ものすさまじくもあったであろうから、ひとも、道行き着のまま、そこに足をとめていたほうが、ふさわしいかもしれない。コートを着たなりでも、ほんとうはいいのかも知れない。

しかし、現在は歌舞伎は正倉院のような校倉《あぜくら》造りの中に納まったのだから……と、まだ私はコートにこだわっている。

紅型染め

夕方、富士や裾野の丘、森や立木や飛ぶ鳥などが紺の色を深めていくにつれて、夕焼けも、はじめの輝きから、深い濃い赤に変っていく。

その、濃紺と赤との、くっきりした対照は、両方から紫にちかづき、一瞬一瞬そら中が音のない、喪失と、深まりの劇をひろげる。そういう時間のもののかたちを、どうして心に刻まずにいられよう。

びんがたの色合いは、そのような色を思わせる。

初期の素朴なものは、クッキリとした影絵であり、強くえぐったような線、やや濁りを帯びた強い色彩がある。私は、そういう影と色のあるびんがたが好きだ。

加賀へきて、友禅にその手法がとり入れられ、友禅は生命を得たが、逆に友禅になり過ぎたびんがたは、自然の匂いを失ったようにも思われる。

柄ゆきも、大浪がうねって、島々をもり上げるようなのや、たくさんの船どもが出入りする入江などの、動きと幻想のあるものがなつかしい。濃紺の色はあくまでも濃く、ほんとうに、あめつちのあいだで、夜闇の色を見つめた目でなければ、染め出せる筈のないような色なのだ。赤は、灼ける陽の色をうつしたいと希う色で、牛の血を混ぜて染めると聞いた事がある。

ずいぶん前だが鎌倉の長尾美術館で、古いびんがたの着物を、幾枚か見たことがある。その時、この着物を着た女達は、きっとスベスベした褐色の肌をして、黒いかがやく瞳をもち、こんな強い柄や色にまけない、いのちの火を燃やしている人達だったのであろうと、そういうひとの住む南の島を思い描いた。そして、私などはびんがたは好きでも、着るしかくがないのではないかと思った。

もう一つ、うつくしいびんがたを見たのは、飛驒の高山祭りの、闘鶏楽の衣裳である。白地に染められた大柄な鳥の羽のようなもようは、目ざましいものであった。加賀で染めたということだったが、緑や赤の色の深さは、もうずいぶん古い染めであることを思わせた。はなやかでたけだけしい鳥の羽根、祭の氏子たちは、それを着れば、鳥に化身することぐらいはすぐに出来るかも知れない。鉦《かね》の楽に合わせて、輪をつくって舞うさまは、その衣裳の染めが、遠い南の島から伝わってきたものだからか、山間の古都の、神祭りにある異様な幻想を漂わせていた。

びんがたには、都会的に手なずけ切れないものがある。どんなに精巧な手法を生み出しても、その手法とか技術に溺れさせない「生《き》」のものの力がある。それはびんがたというものの素姓のあかしで、その素姓は自然、箱庭ではない自然の素姓、荒波と遊ぶ、灼ける陽の申し子なのだ。

こういう着物が似合わないようでは、かみさまに申しわけない。

くれない

「桃紅」とは美しい名前だと、よくひとさまがおっしゃる。

うるさいおひとは、「お名前負けしないように」という。それは「桃紅」が、「桃紅李白薔薇紫」という、中国の古い書物の詩格の句からとられていることをしっている、がくもんのあるお方である。

李白といえばがくもんのない私でもしっている。放浪とお酒を愛した唐代の大詩人。「我酔いて眠らんと欲す。明朝心あらば琴を抱いて来れ」などという詩には昔からあこがれていた。

李白と並ぶなんて、まことに気のはることである。ショッテルとおもわれるかもしれない。けれどもこれは亡父が、私の生まれ月三月に因《ちな》んで「もものくれない」としてくれたのである。

二、三年前のある春、北九州をあるいたとき、本当に真紅の桃の花をたくさんみた。農家の庭先や山すそなどに、それは燃え立つあかさで咲いていた。それを土地の人は緋桃《ひもも》と呼んでいたが、普通東京あたりでみかけるももいろの桃の花とは別の種類の花のように色濃く、まさに「くれなゐにほふもものはな」であった。そのとき私はこの燃えるくれないの花の名のためにも、李白のようにはいかないにしても、私は私なりのものを創り、私の水墨を深めていかなければ、と思った。その花のした照る道で思っていたのである。思うだけは。

李白の詩にはまた、「桃花流水杳然《ようぜん》として去る」という一節もある。流水に浮いてはるかに去って行く桃の花びら、これもうす色ではなく、くれないがいい。水に流れるときはもみじもからくれないなのが、東洋のいろなのだと思う。

初出一覧

亻 手（一九七九年出版ダイジェスト）・奇行（一九七九年十月文藝春秋）・結び文（一九七八年六月家庭画報）・かたちについて（一九七八年九月ＳＤ）・幼きより（一九七九年出版ダイジェスト）・神経（一九六七年四月自由）・昔の音（一九七八年六月音楽の窓）・秋（一九七八年九月二十五日毎日新聞）・軸ぬすびとへ（一九七九年五月いんなあとりっぷ）

言 いろは（一九七八年八月芸術新潮）・かくこと（一九七九年十月ボイス）・破片・独楽・てがみ（一九七九年出版ダイジェスト）・記憶（一九六八年一月三十一日西日本新聞）・桃紅（一九六八年二月七日西日本新聞）

木 桜・槐・楓・樅（一九七九年春・夏・秋・冬「樹」）・葉を貰う（一九七六年家庭画報）・泊瀬（一九六七年一月二十三日西日本新聞）・間をつくる（一九六〇年二月三日読売新聞）・秋くさの庭（一九六五年十二月ＳＤ）

忄 門松（一九六八年四月道徳教育）・節分と豆（一九七六年二月家庭画報）・いろにでる墨（一九七六年秋　approach）・萠、兆（一九六三年一月一日朝日新聞）・すみとふみ（一九七九年八月四日サンケイ新聞）・四角いメロン（一九七八年九月現代）・墨跡と私のあいだ（一九七九年「日本美術全集第十四巻月報」学習研究社）

氵　水・木・土・火（一九六八年一月二〇日西日本新聞）・岐阜の水（一九六九年四月「ふるさとの歌中部Ⅱ」主婦と生活社）・強清水　忍野（一九七九年三月言語生活）・江戸前（一九六八年一月十八日西日本新聞）・雪（一九六八年二月二十日西日本新聞）・雨のたもと（一九七一年三月家庭画報）

辶　遊（一九六一年八月一日朝日新聞）・窓（一九六四年十月ディテール）・三好達治と書（一九六六年一月「三好達治全集11月報」筑摩書房）・印の小包（日本経済新聞）・趣味（一九六八年二月二十七日西日本新聞）・喰べること（一九七九年五月四～十四日新潟日報）

糸　ころもがえ（一九七九年「生活の知恵集」日清製粉創業八十周年記念出版）・着物のかかっている部屋で（一九七五年十月婦人生活）・濃き紅（一九七八年きものNo.41）・ふりのこと（一九七一年三月家庭画報）・線のこと（一九七九年七月目の眼）・くろこ（一九六九年四月歌舞伎）・紅型染め（一九七一年十一月家庭画報）

朱泥抄

——あとがき——

朱を磨る時、いつも私は、明けてゆく空の色を思い、また、夕焼けの色も思い見る。そして、磨り上げた濃い朱は、瞼《まぶた》の裏に視る赤の色である。太陽を視たあと眼を閉じると、陽の色が瞼に透けるのか、あるいはわが血の色か、漲《みなぎ》るような赫《あか》いまなうら、あの色が、硯のおかに溜る濃い朱に通う。

墨のしごとをしていて、折々朱を使うが、それは、朱の泥を印することと同じような気持であることに気付く。

昔から、墨が朱と共に在ったのは、墨自身が、おのれの持つきびしさに堪えなくて求めた、一点の火のあたたかさであったかもしれない。

前の集『墨いろ』と並べて、墨の作に、朱泥を捺したような気もするし、また、ささやかな二曲一双を、墨と朱で書いたような気もする。

文字の偏を項目にしたのは、偏にはまだ、具体的な意味が浅く、窮屈でない分け方が出来るし、随筆というものも、私などは、たいていいつも何かにことよせて書いているので、それが、偏に旁をつけることのように思われたからでもある。

こんども、小笠原るり子さんには随分お面倒をかけた。また、私の思う、朱いろの本、の色を出すために苦労して下さった上田晃郷さん、お二人にここでお礼を申し上げたい。

一九七九年　秋

篠田桃紅

〈著者略歴〉
篠田桃紅（しのだ とうこう）
1913年、中国大連に生まれる。5歳の時、父の手ほどきで初めて墨と筆に触れ、以後独学で書を極める。第二次世界大戦後、文字を解体し、墨で抽象を描き始める。1956年渡米し、ニューヨークを拠点に各地で個展を開催。58年に帰国して後は、壁画や壁書、レリーフといった建築に関わる仕事や、東京芝増上寺大本堂の襖絵などの大作の一方で、リトグラフや装丁、題字、随筆を手掛けるなど、活動は多岐にわたった。1979年『墨いろ』にて第27回日本エッセイスト・クラブ賞受賞。2005年、ニューズウィーク（日本版）の「世界が尊敬する日本人100人」に選ばれた。おもな著書に『一〇三歳になってわかったこと』（幻冬舎）、『百歳の力』（集英社）、『墨いろ』（PHPエディターズ・グループ）など多数がある。2021年3月1日逝去。

朱泥抄

2021年8月31日　第1版第1刷発行

著　者　篠　田　桃　紅
発行者　岡　修　平
発行所　株式会社ＰＨＰエディターズ・グループ
〒135-0061　江東区豊洲5-6-52
☎03-6204-2931
http://www.peg.co.jp/
発売元　株式会社ＰＨＰ研究所
東京本部　〒135-8137　江東区豊洲5-6-52
普及部　☎03-3520-9630
京都本部　〒601-8411　京都市南区西九条北ノ内町11
PHP INTERFACE　https://www.php.co.jp/
組　版　朝日メディアインターナショナル株式会社
印刷所
製本所　凸版印刷株式会社

ISBN978-4-569-85041-2